船行中国

高鹏程 ◎ 著

图书在版编目（CIP）数据

船行中国 / 高鹏程著 . -- 宁波：宁波出版社，2022.10
ISBN 978-7-5526-4651-1

Ⅰ.①船… Ⅱ.①高… Ⅲ.①诗集—中国—当代 Ⅳ.①I227

中国版本图书馆 CIP 数据核字（2022）第 130721 号

船行中国
CHUANXING ZHONGGUO

高鹏程　著

出版发行	宁波出版社
地址邮编	宁波市甬江大道 1 号宁波书城 8 号楼　315040
责任编辑	罗樱波
责任校对	朱璐艳
装帧设计	金字斋
印　　刷	宁波白云印刷有限公司
开　　本	889 毫米 ×1194 毫米　1/32
印　　张	6.75
字　　数	129 千
版　　次	2022 年 10 月第 1 版
印　　次	2022 年 10 月第 1 次印刷
标准书号	ISBN 978-7-5526-4651-1
定　　价	45.00 元

如发现缺页或倒装，影响阅读，请与出版社联系调换，联系电话：0574-87248279

开卷序诗
南湖访红船

时间未到,烟雨楼藏在烟雨中。
像一把锁,
锁着满湖的烟雨,满天下的烟雨。

一艘红船,在湖面上划行。
像一柄刀,
试图剖开满湖的雨雾,满天下的雨雾。

是的,一艘红船,在更多的水中穿行
又像是
一把钥匙,在寻找可以打开的锁孔。

是的,一把钥匙,它要找到一潭死水一样的
旧世界大门上的铁锁,
它要打开锁住一个民族血脉长河的铁锁。

时间过去了百年。我们在一个初夏赶到。
山河无恙,绿茵成稠。
烟雨楼还在。满湖的烟雨已经化作了
一湖潋滟光波。

那艘船还在。
气定神闲的样子,
仿佛一个锚,静泊在烟雨楼畔。
把满湖的烟雨收拢于自己的船底,
把满天下的烟雨收拢于一池湖水的波澜不惊。

目　录

第一辑：船行中国

 船行中国（长诗）　...003

 种子奔跑（长诗）　...011

 中国布鞋（长诗）　...019

 闪光的盐（朗诵诗）　...023

 一个人的奥林匹克（长诗）　...029

第二辑：烽火记忆

 长征四题（组诗）　...045

 鞋·祭（长诗）　...052

 在宋殿受降纪念馆（长诗）　...057

 国家公祭（长诗）　...060

 脊梁断想（长诗）　...072

第三辑：大地诗行

有关长城的长短句（长诗） ...083

大河之魂（组诗） ...089

对一座烽火台不同角度的观察（长诗） ...101

千秋之水（长诗） ...107

衡水诗篇（长诗） ...112

第四辑：山河风物

酒歌十三章（长诗） ...121

南山诗简（长诗） ...132

对桃花的十一次抒情（长诗） ...137

绿满之江（朗诵诗） ...145

坐上高铁去乌镇（长诗） ...150

第五辑：港城沧桑

港城沧桑（组诗） ...155

蝶变三江（组诗） ...171

梦想幸福（朗诵诗） ...178

半岛诗行（朗诵诗） ...181

大道蔚蓝（长诗） ...186

附：歌词三首　　...194

尾诗（代跋）：中国之门（长诗）　　...198

第一辑

船行中国

船行中国(长诗)

一

最初它在南湖上划行。
山雨欲来,
压住湖水低低的微澜。

与其说那是一艘船,不如说是
一个船形摇篮。
一个孵化器。一粒从遥远的欧洲大陆舶来的种子,
即将在东方古国孵出一个新鲜的物种。

很快,这艘漂浮在湖面上的船,连同船上诞生的
婴儿,
开始了他们的奇幻漂流。

二

沿着历史的航道,很快
这艘船驶入了一片波澜壮阔的水域。

一叶孤舟,在波峰浪谷间颠簸,
也在惊涛骇浪间成长。

一艘船,在风雨飘摇的时代里划行,
在大革命暴风骤雨的洗礼里划行。

"划呀划呀,父亲们!"

它在井冈山下的清清碧溪里划,
在大渡河的激流险滩里划,
在浩荡长江的滚滚浊浪里划……

"划呀划呀,父亲们!"

一叶从岷江中夺路而行的孤帆,
终于,划成了一支
百万雄师过大江的庞大船队。

三

驶过了两万五千里的漫漫征程,
一艘船,是否可以就此停泊?
不——
立于船头的舵手说,这只是走完了万里长征第一步,
我们要继续长风破浪,直挂云帆!

"划呀划呀,父亲们!"

历史的河道在拐弯处淤塞了,
它试图开辟出新的航道。
没有航标,
它摸着水底的石头,一一走过那些暗礁、险滩。

"划呀划呀,父亲们!"

在烟雨苍茫的旧版图上划;
在水道崎岖的新世界里划。
风帆依旧鼓荡,
桨橹依旧翻飞,
它试图把一个灾难深重的民族,
拉出历史深深的泥淖。

四

这是怎样的一艘船?

它曾经划过远古神话里的图腾,
划过穴居时代的一方岩画,
划过江南的水声灯影,划过中原的大河汤汤……

它在汨罗江屈原的诗行里划,
在京杭大运河官盐和漕粮的阵列里划,
在丝绸古道的瀚海里划,
把沿途的马灯与驼铃,
变成不灭的渔火和汽笛。

它承载着一个民族古老的诗意,
也承载一个帝国的气数与命脉。

它曾经是郑和七下西洋的浩荡船队,
带给世界对一个东方大国的想象。

它也曾在甲午海战中惨烈地沉没,
留给历史无尽的屈辱与悲愤。

如今,
这只从遥远的炎黄时代划来的羊皮筏子,
在大河的渡口,
依旧摆渡着一个古老民族对彼岸的向往。

五

这究竟是怎样的一艘船?

它是具象的:
它是漓江上壮族姑娘的竹排,
是乌苏里江赫哲人的桦树皮舟,
是石浦港外讨海人的"绿眉毛",
是疍家人世世代代漂在水上的家园。

它是抽象的:
它是洪荒时代的挪亚方舟,
也是远古传说中的牛皮飞毯。

它划过青铜器皿上的钟声,
划过丝帛织锦里的月色,
划过一尊青瓷清凉釉色里的流水……

它是具象和抽象的合二为一:
它是长江洪峰里的一叶孤舟,
也是冲进恶浪里的冲锋艇。

它是公元 1921 年 7 月漂浮在南湖上的红船,
也是今天守疆护海的大型舰队。
是乌江上的小舢板,
也是大连港内的"辽宁"号航空母舰。

它很小,
最小的,穿在一只名叫红军的脚上,
走过了两万五千里漫漫征途。
它很大,
最大的,泊在一湾东方大港之内,
托载着一个大国走向蓝海的梦想。

六

如此古老:
它是八千年前湘湖跨湖桥边的独木舟,
是沉溺在泉州湾里的十二桅古帆船。

如此年轻:

它是托载我们在太空遨游的神舟号飞船。
仔细聆听，
能听见它用一支比我们的目光还长的桨
"哗哗"搅起的涛声。

如此沉潜：
如同深海中的蛟龙1号，
它在一个民族血脉最深处的河流里潜行，
暗自积蓄着力量。

"划呀划呀，父亲们！"

"从大海划向内河，划向洲陆……
从洲陆划向大海，划向穹隆……"

七

大道之行。
大船出海。

船行中国。
一个南湖上诞生的婴儿，
已经成长为一艘大船的舵手，正带领一个古老的民族

驶向深蓝,驶向广袤,
驶向它伟大复兴的光荣梦想!

注:引号内为昌耀诗句。"绿眉毛",一种渔船。

  原发《诗刊》2016年10月号《旗帜》栏目头条。中共"十九大"召开期间由《诗刊》再次推送。经多家刊物转发,引起评论界关注,并在《诗刊》刊发专题评论。在多个重大场合被朗诵。

种子奔跑（长诗）

1

它在一片旧时代的枪声中孕育。从南昌城的狭窄巷道
到井冈山的崎岖小径，
一粒被弹雨淬炼过的种子
擦出了星星一样的亮光。

"星星之火，可以燎原。"
一粒种子，怀抱着这样朴素的愿望
开始了救亡图存之旅。

2

一粒种子找到另一粒，接着又找到更多的。
这些种子抱成团
辗转，迁徙，奔跑。它们经历了岷山最严酷的冰雪，
经历了若尔盖草原苦水的浸泡，

经历了炮火连天的洗礼,
经历了无数的围追堵截……

终于,在翻越最后一座大山之后,
这些硕果仅存的种子,
在黄土最深厚的地方,扎下了根。

在最深的地层里,它们把自己变成火种,
试图用自己的燃烧,来唤醒更多沉睡的种子。

3

这曾是怎样的一些种子?

它们也许是一些向日葵的种子。
即使埋在黑暗的泥土里,
也天然地带着对于光明的诉求。

它们也许是一些高粱的种子、大豆的种子
油菜花的种子——
在寒冷的季节里,它们学会了在黑暗中
默默收集体内的黄金,
只等一缕春风的引信来引爆冬天……

它还可能是一颗落进北方风雪瞳孔里的星辰,
一粒埋在胸腔内的火星,
一盏孤悬于漆黑海面上的微弱渔火。

4

被践踏过。被焚烧过。
一个古老国度的土地板结了。

这些原本安土重迁、安居乐业的种子,
因为外族的入侵,
因为连天的烽火,被迫开始了迁移和还击。

这是怎样的征途?
从公元1840年起,无数种子流离失所。
无数种子,都在用尽气力
拱起坚硬的泥土。

5

面对异族的入侵,这些土生土长的种子
把自己变成子弹,
压进愤怒的枪膛。

试图在被弹雨蹂躏后的土地上,
开出一大片战地黄花。

我曾经采访过其中一粒子弹,一粒年老的抗战种子:
你希望你的口径有多大,
射程有多远,
杀伤力有多强?

他说:
其实,一粒种子最大的梦想,就是代替子弹
住进枪管里,
扳机扣动时,开出的不是鲜血,而是鲜花。
留下的
不是废墟,而是花园。

6

经历了更多的炮火和磨难之后,
这些重新变回种子的子弹,
基因变得更加强大。
毫无疑问,它们会开出更美的花,结出更大的果。
九十年,弹指一挥间。
这些当年扎根黄土地的种子,

早已生根发芽、枝繁叶茂!

这些遍布于森林草原、河流大川
黄土沟壑甚至荒漠戈壁的种子,
像一道道绿色、坚固的屏障,护卫着一个古老国度的版图。

7

种子奔跑。
这是一些和平年代也有硬骨头的种子,
即便在汶川地震的废墟里,也是它们
首先挺出翠绿的芽尖,
缝合着大地的裂隙。

一粒种子,只要给它一个古老的火塘,
就能抗住四周挤压过来的黑暗。

只要给它一堆城市工地上的沙土,
就能开出一个微型的春天。

这些绿色茎秆里奇妙的血液,
让我相信,只要给它一点活命的水,
它就能顶开压在头顶上的泰山。

8

这究竟是怎样的一些种子?

这是神农尝过的种子,
后稷培育的种子,
喂养过一个古老种族命脉的种子。

这些来自洪荒年代的种子,
带着祖先最优秀的基因。
它们可能来自夸父追逐过的那一轮太阳,
也可能是女娲炼石补天时特意保留的火种。

打开一粒种子:
可以看到它河姆渡的祖父、荷花山的先祖、上山遗址的远祖。

打开一粒种子,
打开它黄河水色的外壳,打开它长江水色的肤质。
可以看到,这些种子,携带着祖先的谱系、亲情与血脉。

这些血统纯正的种子,名字就叫:中国军人!中国人!
善待一切优秀物种,拒绝转基因。

9

在今天,这些古老的种子
正经历新一轮的核裂变核聚变。

如同那枚在泥土中沉睡了数千年的古莲子,
重新吐出了芬芳。

如同那一粒来自顺山集的稻种,
已经遍布于古老国度的每一块版图。

如同那一粒油菜花的种子,
已经在一夜之间,给大地穿上黄金的盛装!

种子奔跑!

一粒读着《哪吒闹海》长大的孩子心里的种子在奔跑,
长成了潜龙一号和潜龙二号。
一粒听着《嫦娥奔月》长大的孩子心里的种子在奔跑,
长成了神舟飞船和天宫一号。
一粒种在《山海经》的传说里的种子在奔跑,
长成了"辽宁"号航空母舰。

种子奔跑!
它在一个更新的纬度和经度,
延续着一个古老民族的血脉和辉煌,
延续着一个沧桑国度的光荣与梦想!

10

种子奔跑:
它在原子的内部奔跑,在量子的维度中奔跑,
在一个种族秘密的基因谱系里奔跑,
在一个国度数千年文明的长河里奔跑。

种子奔跑 ——
一粒微型的夸父在奔跑,
无数个夸父在奔跑

……生生不息。
它如此古老,却从未老去……

原发《江南:诗》2019年第4期,入选《星星诗刊》编选的《喜迎十九大 —— 红色诗歌精选》一书。

中国布鞋(长诗)

父亲穿过它。祖父穿过它。祖父的祖父……
也穿过它。
十亿中国人,九亿半穿过它。
三千年前的中国人,就穿着它
穿着它走路,你的脚就连着了三千多年中国的地气。

——题记

一

三十年前,它是我的第一双鞋。
圆口。布面。千层底。
我不情愿穿着它,迈出独自离家读书的第一步。
娘说,别嫌它普通、土气,
它软和、透气,走起路来,从不硌脚,
几十辈人的路,都是靠它走出来的。

那时我还小,我还不知道,密实的针脚,就是娘的一个叮咛,又一个叮咛。

那时,我也并不知道,在遥远的外省
十八个庄稼汉,穿着同样的布鞋,
却要尝试着走出一条不同的路来。

那时,我并不知道,十八双焦急的布鞋,
是在代替我,一个中国农民的后代,
是在代替所有中国农民,
寻找出路。

二

公元 1979 年。这一年,十八个穿着布鞋的庄稼汉,
收获了一个沉甸甸的秋天。
他们惊喜地发现,同样的布鞋,
只要走走不同的路子,
盛产叫花子的土地,居然也盛产小麦、大米和马铃薯。

再往前翻回一年。公元 1978 年,冬。
此时,十八个刚刚摁过红手印的庄稼汉
也许并不知道,
他们,把十八双布鞋踩出的鞋印,结实地印在了

一本名叫历史的大书上。

他们也许并不知道，这一年
一个矮个子的巨人，穿着一双同样的布鞋，
从北到南，
丈量了大半个中国。
事实上，此前，他穿着它
丈量过法国巴黎香榭丽舍大街，
丈量过长征的长度，雪山的高度，
丈量过一个主义被教条后的误差。
1969年，它还在江西新建的一个拖拉机修配厂外的田塍上
反复丈量，
他穿着它，
试图把一条看不到头的羊肠小径，走成康庄大道。

三

1979年。这个矮个子巨人，风尘仆仆
来到中国南海边的一个小渔村。
在一座著名的小桥的一端，凝视对岸。
他在思索该如何跨越，
该如何，用一双鞋走出两条路？
答案很快就有了："一国两制"！

走路的新鞋,一只叫改革,另一只叫作开放。

然后,他大手一挥。轻轻地画了一个圈。
坚硬的历史,仿佛被划出了一个大口子,
一缕久违的春风就吹了进来,
一道久违的光线就射了进来,
接着,是更迅猛的闪电
是春雷,是外太平洋的滚滚浪潮。

这个矮个子的巨人说:
真理,是穿着娘做的布鞋,在土地上反复走出来的。
就是遇到山,就踩着石头上山,
遇到河,就摸着石头过河。
遇到没有路的时候,就自己走出一条有特色的路来。

这条路,是用娘做的布鞋走出来的,
我是她的儿子,她是我们所有人的母亲。
我们都习惯叫她:中国!

原发《诗刊》2008 年第 23 期,被中国作协列入纪念改革开放 30 年重点作品,并在央视和东方卫视朗诵,入选《中国爱国主义诗歌经典》(陆澄主编,上海书店出版社 2011 年 5 月出版)。

闪光的盐（朗诵诗）

—— 为宁波市象山县惠民好书记李万春而作，兼致所有廉洁奉公的普通党员

这个黑框环绕、安详地微笑的人是我的父亲吗？
不，不是。我的父亲还在盐厂琢磨着村务。

这个身披党旗、安静地睡着的人是我的父亲吗？
不，不是。我的父亲还在村头巡查着海塘。

我的父亲只是太累了，靠着一棵树短暂地休息。
我的父亲只是太忙了，忘记了回家吃饭的时间。

父亲，我们在等你回来。
父亲，我们在等你 —— 回来 ——

一个女儿在等她最可敬的父亲。
一个妻子在等她最亲爱的丈夫。

一个村庄在等它最可信赖的村干部。
一只陶罐在等一粒奔跑的盐。

是的,我们的父亲,没有这样瘦小。
蓝天下,他多像那个晒盐人,
他要以阳光的名义剥开海水的皮肤,
他要从海水中取出大海的骨头。

是的,我们的父亲,没有这样憔悴。
田塍边,他多像一粒倔强的盐,
面对贫困的村庄,雪白的牙齿一咬:
就算它是一块钢板,我也要啃出一道缝来——

父亲
用自己的黑,换来一粒盐的白,换来清贫村庄里
有滋有味的生活。

黝黑的父亲,这黑,是阳光给您的嘉奖,
胜过无数红色的奖章!

清白的父亲,这白,是大海给您的馈赠,
闪耀着盐一样的光芒。

这黑
比尘土有更平凡的亲和力!

这白
比钢铁有更强大的耐腐力!

从不拒绝,
当辛劳的汗水化成卤水流淌,
父亲,和众多的盐粒把大海结晶成挺直的脊梁。

从不炫耀,
当更多的人面对阳光的质问,
父亲,用含盐的骨骼担起了一个普通党员的荣光。

因为有了盐,我们的日子不再寡淡。
因为有了盐,清贫的村庄开始弥散醉人的甜香。

父亲,我看见
被一粒盐照见的生活,充满了诱人的希望。
被一粒盐擦亮的信念,闪耀着钻石的光芒。

父亲啊,我们看见你了。
你同样也在

翻晒身体里的水分,
你在把自己的血液一再提纯。

父亲啊,我们看见你了。
你始终也在
打磨身体里的骨骼,
你要让它闪烁盐一样的光芒!

一粒盐在继续奔跑,
忍受着伤痛、病魔的折磨在奔跑。

一粒盐咬紧了牙关,
在一个信念的支撑下坚持着奔跑。

父亲,你没有离去。
温馨的家里,我们围坐的餐桌在等你回来,
一只盛满米饭的大碗在等你回来。

父亲,你没有离去,
村口的办公室里,一盏不眠的灯在等你回来,
一杯你来不及喝的茶在等你回来。

七十三岁的王关宝老人在等你回来。

八十多岁的毛天才老人在等你回来。
三百二十亩海塘基地在等你回来,
挤满海塘的鱼虾在等你回来。

一百七十亩集体果园在等你回来。
挂满枝头的硕果在等你回来。

是的,我们的父亲从未离去。
是的,一粒盐,从未离去。

你看见了吗?
那一波又一波涌向岸边的波浪,
那是我们的父亲,在把养育他的村庄深情回望。

你听见了吗?
那一声紧似一声的涛声,
那是我们的父亲,在把他最心爱的小女儿怀想。

是的,父亲
你从未离开。
你是这一片大海的儿子,
你就是我们身体里的盐。

在我们用真情回报真情时流出的泪水里,
感受到了你的纯度。
在我们为多数人的福祉而付出的汗水里,
感受到了你的咸度。
在我们为了共同的事业而流出的鲜血里,
感受到了你的浓度。

是的,父亲
我们分明感受到了你的存在,
一粒盐的存在!

不会畏惧任何挑战,
不会惧怕一切艰险。
这,就是一个晒盐人的侠骨豪情,
这,就是一粒盐的铮铮誓言!

  本诗入选浙江省作协建党九十周年重点篇目,在宁波市委宣传部组织的朗诵比赛中获得创作一等奖,并在多场文艺会演中朗诵。

一个人的奥林匹克(长诗)

西海固。
这么多年了,我一直在回避着这个词。
这是一个令人绝望的词,总是与干旱、贫困连在一起。
这是一个令人心碎的词,总是与故乡、疼痛甚至屈辱连在一起。
这又是一个倔强的词,它总是与不甘屈服、抗争连在一起。
今天,我写下它,不仅仅出于忏悔,
更因为它与一位伟大母亲,一个奥运火炬手,与我们的奥运会连在一起。

——题记

奇迹的诞生

1997年。秋。西海固一个司空见惯的
干旱的下午。
但空气中
注定会发生一次意外的潮湿。
一颗辍学的泪水,注定要

潮湿另一双眼睛。

奇迹将由此诞生:
一根经霜的稻草将与一棵孤单越冬的麦苗相遇。
一根金色的稻草,即将做出严肃的承诺:
来吧,孩子,
请你抓住我,哪怕我
仅仅是一根稻草,我也愿意
做你眼中的金条!

—— 奇迹将由此诞生。这根金色的稻草,就要熊熊燃烧,
直至成为
2008年奥运圣火传递中
一枚耀眼的火炬!

穷人的大事

穷人的大事总是渺小。
不幸总是司空见惯。从不
值得惊讶。一个辍学女童的啜泣
在西部大山的褶皱里,显得多么荏弱。
但是,谁从黑铁般坚硬、凝滞的空气里
听到了风暴?

谁从冬日下午并不强烈的光线里
感到了针扎般的刺痛?

这是西部中国贫困山区一个普通的冬日午后,
一个人翻山越岭,
一个人口干舌燥,
一个人忧心如焚,
一个人,试图与一群人的命运交谈。
一个仓促上阵的扳道工,试图将一列又一列迷途的小火车
重新扳上正轨。

女童之家:一个缩微了的鸟巢

这是一个多么简陋的鸟巢,
挂在西海固贫瘠的枝丫上。
多像一盏风灯,随风一晃,一晃,
又一晃,
似乎一阵轻微的风,就会把它吹灭。
但是,
"灯点起来了,就要坚持
就要咬着牙亮下去"。
这是一个多么不幸的群体:
心脏病、肾病、小儿麻痹患者、

间歇性精神病、贫血、单亲、孤儿……
不幸折磨着每一只未曾展翅的雏鸟,
命运曾给她们贴上同一种标签:辍学女童。
但命运又给了她们同一份幸运:
一只曾经遭遇同样不幸的老马燕,
要用微弱的有限的力量
结草、衔泥,
支起这个风雪中摇摇欲坠的家。

如同遥远的、位于共和国心脏的鸟巢,
孵化着奥林匹克的冠军和梦想。
每一份爱、勇气和坚持
构成了它温暖的空间。
也许它孵化不出更多的冠军,但是
它孵出了人,有尊严、有同情心,
懂得如何帮助、关心别人的人。
在更多的赛场上,她们也许不都会是运动员,
但会是教练、陪跑者、志愿者
和称职的观众。

白描马志英

一个人。

一个少女时代因贫困辍学,
成年后又多次下岗,仅靠一份
农贸市场保洁员的微薄收入度日的回族妇女。
一个严重的贫血、肠息肉、胃溃疡患者。
一个十多年仅仅拥有一套价值三十五元未打补丁衣服的
吝啬女人。
一对双胞胎儿子的不合格的妈妈。
一个拥有八十五个女儿的超级母亲。
一个十多年忍受病痛、营养不良,长年累月起早贪黑
倾其所有拿出十万元资助、照顾了一百二十五名辍学女童的
"鸟巢"掌门人。
一个因照顾女童未曾见到母亲最后一面的不孝女儿。
一个"全球千名妇女争评2005年诺贝尔和平奖"提名奖的获得者。
一个大山的女儿。
一个奥运火炬手。
一枚火炬!

母爱凝聚的圣火

2008年6月29日。
宁夏。中卫。火炬传递现场。
一顶绿色的盖头,擎着一把红色的火炬
在奔跑。

这其实是一柄火把举着另一柄火把在奔跑。
这是伟大的母爱
和伟大的奥林匹克在凝聚、融合、奔跑!

这是一条笔直的跑道,连着鲜花、掌声和围观的人群。
这条跑道很短,
一柄火把仅仅跑了约十八米,用时不足三分钟。
这条跑道很长。一柄微弱的火把已经跑了
整整十年。而且还将继续奔跑,
爱,是它唯一的燃料。

这柄倔强的火把。她知道,爱不仅仅是
一根火柴瞬间的划亮,
不仅仅是一次同情的流泪,
一次慷慨的施舍,
爱是坚韧,是勇气,是长期忍受饥饿、病痛的坚持,
爱是十年如一日咸菜、清汤寡水的忍耐,
是一根柴火一根柴火的积攒,
是一颗泪水一颗泪水的灌溉,
爱还是不嫌弃、不放弃、不抛弃!
这柄母爱和圣火凝聚的火把,还在继续咬牙坚持。
她懂得
需要照亮的,不仅仅是西部高原幽暗的山道,

还要用它微弱的光芒,驱散那些心底的荒凉和阴霾。
在雨夜,
在日光灯无法抵达的地方。

另一种赞美

请允许我把赞美与感谢献给杨万海,
一个躲在瘦小妻子后面的高大男人,
一个西部大山一样始终沉默着的男人。
马志英是西行路上的唐玄奘,
他就是沙僧、白龙马(我的穆斯林兄弟
请原谅我这样不敬的比喻)。

马志英是一粒火种,
他就是灯罩,是小心地围拢在一起的一双大手。
马志英是火炬手,他就是身后的陪跑者。
马志英是运动员,
他就是教练、后勤、志愿者,
是跑道、草皮、助跑器。
马志英是菲尔普斯,他就是鲨鱼皮。
马志英是博尔特,他就是穿在她脚上的金色跑鞋。

马志英是孤身远洋的刘长春,

他就是她的祖国!

只有一个名字

"我不能用娃们的伤疤换取荣耀。"

—— 马志英语录

怎么会忘记呢?
那么多绝望的、黯淡的、怯生生的、懂事的、让人心疼的表情。
那么多苦口婆心的劝说。
那么多不眠之夜的守候。
那些尿湿的床单、发烫的额头、饥饿的眼神。
青一块、紫一块的皮肤都还在眼前,
怎么能忘记,又怎么能说出口?
连刘翔也有阿喀琉斯之踵,
我怎么能用娃娃们的伤疤换取荣耀?
娃娃们也有做人的自尊,
记者同志,请别写她们的名字,要写就写她们的努力,
她们的骨气。
她们懂得珍惜,用冻僵的小手举着煤油灯,
用一碗又一碗的凉水压抑着饥饿苦读,
依然捧回了优秀生的奖状。
她们穿着破旧的衣裳走进北京的重点大学,

却坚决拒绝了学校的助学金,
因为娃娃们知道,还有比她们更贫困的大学生……

请别提她们的名字,她们都只有一个名字:我的女儿
我的心头肉!

一个人的奥林匹克

马志英在打一场战争。
她的敌人,是贫困,是苦难,是不被理解的责难。
但她并不孤单,北京奥运会上,
裹着头巾的罗比娜,和她一道穿过纷飞的战火。

马志英在横渡一条大河,
汹涌的浊浪并没有击退她的勇气,
曾经的白血病患者范德韦登、独腿姑娘纳塔莉和她一道
中流击水。

马志英在跳越人生的木马,丘索维金娜是她最亲密的姐妹。
马志英在进行一场长跑,
—— 这也许是一场没有终点的奔跑,
就像奥林匹克,没有终点,只有更高、更快、更强,
但她同样并不孤单。

当伊拉克运动员穿着旧 T 恤出现在赛艇赛场,
当躲过两次枪击依然坚持训练的比娜
站上奥运跑道,
当来自牙买加的"黑色闪电"把五万美元奖金
全部捐献给四川的孩子,
当劫后余生的人们在简易帐篷里为运动员加油,
他们都是她的伙伴、战友,
世界一次次为她们流下热泪!
世界也一次次把最响亮的掌声给了她们!

这就是我们的奥林匹克!
这是夸父和西西弗斯的后代共同秉承的精神!
这是公平、正义和爱的力量!
这是所有的
人的
共同追求!

补记:敢问路在何方

  当我写下这组诗时,我们的奥运会已经落下帷幕,我们赢得了一场伟大的胜利。我们赢得了数不清的赞誉和掌声。我们的国家、民族为此倾注了太多的精力、物力和人力。尽管奢侈，但这是必需的。我们这个民族的灾难太过深重，我们这个国度的积弱太过长久。我们需要一场盛宴来尽情欢娱，释放积郁已久的闷气。但我知道，我们庞大的祖国，并不会因为奥运会的精彩而迅速强大，相反，她因为曾经经历太多并且再次经历了空前的劫难，还在舔舐伤口。我的故乡，西海固，也并没有因为奥运圣火的照耀，迅速改变贫困落后的面貌。尽管马志英们还在苦苦坚持，但是有更多的山区女童还在重复辍学的不幸。我写下这组诗，这不仅仅是一个人的颂歌，这不仅仅是一场奥运会。简陋的女童之家，破旧的风琴声——敢问路在何方，是沉思，也是质问——作为一个人，我们应该怎样活着？怎样把生命与梦想，托付给这个时代？这些，都必须清楚。

本诗获得《人民文学》《民族文学》联合举办的"我与奥运"全国征文一等奖。

链接："爱心妈妈"马志英

马志英是一个普通的回族妇女，出生在海原县郑旗乡撒堡村，高中毕业时由于家庭贫困，没能继续上学，但对知识的渴求是她一生最大的愿望。

1997年的一天下午，马志英从农贸市场下班回家，途经海原县第一中学时看到一个小女孩在校门口徘徊，并不时踮起脚尖向校园里张望。上前一问，原来小女孩因家境贫困辍学，来到县城只是为了看一眼自己考上的学校是什么样子。马志英当即拿出一百多元，让这名十一岁的女孩去交学费。小女孩回家说了此事，附近村庄又有几个女孩前来寻求资助。那年，马志英资助了五个女孩。

农村孩子到县城上学没地方住，马志英就把自家的三间平房腾出来给女童作书房和宿舍，不收任何费用，还资助她们学杂费。马志英还给这三间平房取了个好听的名字——"女童书屋"，而自己则和家人挤在一间四面透风的土坯房里。"女童书屋"一办就是十五年，其间改名为"女童之家"。后来，国家对农村义务教育实行"两免一补"，马志英又将资助对象改为高中女生，"女童之家"便又更名为"女生之家"。

十五年里，马志英共资助了四百八十多名挣扎在辍学边缘的贫困、残疾女童，除免收房费外，还为她们垫付水、电、燃料、医药及学杂费等五十余万元，可她家里没有一件像样的家具，她自己多年没有买过一件新衣……她也因此被孩子们誉为"爱心妈妈"和"无血缘的好妈妈"。

2006年，马志英当选"中国十大杰出母亲"。2010年，她荣获世界妇女发展贡献奖,全世界六十多个国家只有五名妇女获此殊荣。

第二辑

烽火记忆

长征四题（组诗）

长征：一只草鞋的历史

粗糙、硌脚，
但强韧，
带着来自大地根部的力量。

一艘微型的挪亚方舟。
一艘草做的船。
载着一个古老民族和文明的火种，
在风雨飘摇的山河间颠簸。

一艘漏风又漏雨的船，
载着一群
瘦骨嶙峋却又
铁骨铮铮的人，在茫茫江面上寻找彼岸。

它用信念作为桨橹，

用来自草根的血肉哺乳作为动力,
在奋力划行——

每走一步,都在扯动大地
疼痛的神经。
每走一步,都在汲取
泥土深处,源源不绝的力量。

你要相信,
一只草鞋,也能承托起一个民族
和家国的命运。

你要相信,
沿途,鞋底落下的草籽,蔓延成了一片又一片草原。
船缝里漏下的星光,
构成了宁静广袤的夜空。

长征:加法和减法

减去辎重。身体和思想中多余的负担。
尽管它们并不多,
但还是需要继续减去。
减去部分身体里一个用旧的时代

当然也要减去一些新潮的舶来品,
它们同样不适用于我们,古老和独特的面容。
减去多余的脂肪(尽管它们原本就约等于零),
减去肌肉,
减去脸上的神采,骨子里
不合时宜的浪漫。
人越走越少,越走越瘦
眼窝越走越深,但眼睛
却越走越亮了。
一列衣衫褴褛、又黑又瘦的蚂蚁,
穿行在布满弹坑的隧洞里。
那些在黑暗中汲取的勇气,构成了触角
最敏锐的部分。
被弹片擦亮的目光
终于看清楚了,
那些飞着飞着就掉头朝南的雁阵
不属于这个阵营。
那些飞蛾一样到处乱飞乱撞的
同样不是。
在翻过最后一道大山时,
一列又黑又瘦的蚂蚁
依旧衣衫褴褛,
但内部已经

脱胎换骨!
他们的血液经过雪山的清洗变得更加洁净,
他们的脚踵经过大地的磨砺已经足够沉稳,
他们的身躯经过两万五千里风霜的冶炼
每一个关节,都已经灌注了
足够的钢铁,
足以扛起,摇摇欲坠的河山!

灯火上的单家集

一盏大山深处的油灯,
在十万黄土高原的褶皱里苟延残喘。

一盏挂在丝绸古道上的马灯,摇摇晃晃
熄了又亮,亮了又灭……

终于,在长久的沉寂之后,
一支衣衫褴褛的队伍,三次来到这里。

仿佛历史手中的一枚针,
在回服和汉裳的衣襟上穿针引线。

公元1935年。10月。深夜。

灯火如豆，
托举着六盘山下，一个名叫单家集的村镇

清真寺旁的一间小屋里，
一朵主义之花和一点信仰的微光
促膝而谈，共同顶开了大山深处的沉沉夜色。

时光作证：
这隐藏在大山褶皱中的光芒，注定
像两粒发光的纽扣，
钉在了回汉民族两扇衣襟的纽结处。

注：单家集，六盘山下的一个村镇名，回汉民族混居地，今属宁夏西吉。1935年8至10月，红军长征途中曾三次进驻单家集，留下"回汉兄弟一家亲"的锦旗。10月5日，毛泽东途经单家集，当晚入住在当地清真寺外的一间小屋，并与当地阿訇促膝长谈。

他们倒在了胜利的门槛上

他们倒在了胜利的门槛上，
倒在一首伟大的词诞生的黎明前。
公元1935年10月8日，
三百多颗刚刚走出草地的种子，

三百多颗经历过最严酷的风霜洗礼的种子,
还未来得及播撒到更广袤的热土,
却在一夜之间
凋落了。

多么让人痛心!
从开始的九万人到最后的七千人,
从两万五千里到最后的一步之遥,
他们
倒在了黎明前的门槛上。

谜团终于在五十四年后破解,
而三百多张年轻的面孔,已经渐次模糊。

八十多年了。六盘山下
三百多副年轻的身躯依旧静静躺在
一个名叫耿湾的青草坡上,
荣也寂寂,枯也寂寂。

八十多年了。一首伟大的词,
依旧在风声里传诵——
"不到长城非好汉"!
他们没有抵达长城,但依旧是好汉!

因为,他们已经是长城的一部分——

长城基石下,最沉默、最牢固的部分!

注:1935年10月7日,中央红军越过六盘山主峰,毛泽东站在六盘山一座巨石嵯峨的山头上,纵情吟出一首《清平乐·六盘山》,宣告长征即将胜利结束。可就在第二天黎明,却被紧急送来的一份报告惊呆了:六盘山下耿湾镇夜间发生了一起命案,驻扎在镇外宿营地的红军将士一夜之间竟无声无息地突然死亡三百多人!尽管多方侦查,三百多红军战士死因一时仍然成为谜团。真相直到五十四年后才被破解。

本组诗获得江苏省作协和《扬子江诗刊》社举办的纪念长征胜利85周年征文二等奖。

鞋·祭(长诗)

——谨以此诗纪念世界反法西斯胜利70周年并悼念战争和灾难中的死难者

我无法写出他们的音容笑貌。他们笑过吗?
我无法写出他们的喜怒哀乐。他们
被允许有过吗?
我无法写出他们的梦。他们的梦里,
有过故国、故乡、故人吗?
他们被允许做梦吗?
我无法写出他们的血肉之躯。如今他们都在哪里?
是一截原木、枕木、化石、木炭,还是空气中
沉重的呼吸?

我甚至无法写出他们的名字,
他们的记录里只有一个共同的
屈辱的名字:中国劳工
我也无法写出他们的父母、妻子和亲朋。
时间流散,他们大都已经作古,把遗憾

永久地带入另一个世界。
我也不忍心写到他们的孩子,他们都已是垂垂老者。
他们的悲愤他们的忍耐都太过长久,
他们脸上已经脱离了屈辱甚至脱离了
愤怒。
他们只有深深的哀痛。
我只能写写他们的鞋子,但他们之前
穿过鞋子吗?

六十年了。
现在,6830双鞋子整齐地摆在了
异国的地面上。
6830双布鞋,像6830双巨大的疑问,
6830双空洞的眼神,
6830双黑色的伤口,在无声地控诉!
但制造这一切的那个国家和那个民族和那些人
依然拒绝道歉。
这已经不再是一个民族的耻辱一个国家的耻辱,
这是人的耻辱人性的耻辱和
人类的耻辱!

公元2009年8月9日。日本。东京芝公园。
铺着细沙的地面上,

6830双鞋子,在静静地
等待它们的主人。
130多位远涉重洋的花甲老者在寻找他们
年轻的父亲。
6830双带着亲人体温的中国布鞋,
在等待6830位中国劳工的亡魂
来辨认、来试穿。
6830双排成行的堤坝,试图拦截
一个民族、一个国家和一些人
良知的崩溃!

6830双迟到的鞋子,试图和6830双
踩过石头、踩过刀山、踩过火海
在地狱里行走的血肉模糊的足迹交谈。
但68300只污黑的脚趾,
像68300个受过惊吓、愤怒过、反抗过、绝望过直至
最终麻木的目光,
会不会依旧迟疑、后退、畏缩不前?
啊,我的亲人,不要
再辨认了,
这每一个寻亲的老人,都是你们的儿子。
每一双鞋子,都来自你们的亲人
穿上它,让它领着你们

回家吧!

再也没有辱骂、皮鞭,

没有尖利的矿石、玻璃碎渣和凶狠的狼狗的撕咬。

回家吧,

看看我们现在的家,现在的国。

六十年了,

看看每一个穿着布鞋、皮鞋甚至世界名牌鞋子,

但却挺着胸走在自己的路上的儿孙,

如何在强健自己的国,自己的家。

回家吧,我们的亲人,

你们

在天国里光着脚,已经六十年了。

链接:东京6830双鞋祭中国劳工

2009年8月9日,在日本东京塔下的一座公园,河北被掳劳工墨库尔的儿子墨清顺站在一双双象征中国死难劳工的布鞋前恸哭。墨清顺老人今年69岁,在他3岁时父亲被掳走,之后惨死于日本花冈。他的祖父母也因此生病郁郁而终,可谓家破人亡。当日,中日两国联合为在二战中被掳至日本死难的中国劳工举行特殊悼念仪式,来自中国的被掳劳工幸存者、劳工遗属和日本友好人士约200人出席。在仪式上,人们用一双布鞋代表一位

死难的劳工,整整齐齐地将6830双布鞋摆放在地面上,以示悼念。从1943年到1945年,日本共强行绑架169批,共计38936名中国劳工到日本135个工地从事重体力劳动。另据日本外务省1946年的统计,有6830名中国劳工客死异国他乡。

在宋殿受降纪念馆(长诗)

—— 为纪念抗战胜利 75 周年而作

1

入口处,用木条排列着抗战以来的重大事件,
从 1931 年 9 月 18 日到 1945 年 9 月 5 日
从"九一八"事变到宋殿受降。

我数了数,一共六行,整整二十三块。
木条上的字醒目、整饬、平静。
但我知道,跨过这些木条栅栏,
无数中国人,经历了漫长的十四年,付出了两千万血肉之躯。

2

每一块木条,都像一道封锁线、一块枕木。
木条和木条之间,是深深的壕堑。
而木条背面,是坟茔,是万人坑,是无数被战火烧毁的残垣断壁,

是枕木下冰冷的尸骨。

而枕木上,是历史的呼啸,

是无数人的流离失所,是无数血肉之躯的愤怒与抗争。

空气中依旧有弹片在纷飞,

时间的缝隙中,依旧隐藏着弹痕和尖厉的鸣叫。

3

这是八月,气温高得晕眩,太阳白得晃眼。

但通往地下的陈列馆里,依旧有痛彻寒骨的冰凉。

有来自八十年前的,让人触目惊心、出离

愤怒的罪恶。

冷的尸骨和热的血,仍旧在黑白照片上面激流。

"如果有可能,我要抄起玻璃柜里的那挺机关枪,朝那帮孙子

再狠狠飙上一梭子!"

4

借助玻璃展橱上方的灯光,我仔细辨别过那些战犯的脸。

时间过去了八十年,那些凝固的表情里,

仍旧有掩饰不住的轻蔑、冷漠、不甘,超出人性底线的狰狞。

在宋殿受降纪念馆,我仔细读过他们的天皇

颁发的终战诏书,

从我能辨认出的汉字里,没有找到一个降字,没有一个字替他
承担深深的忏悔。

5

走出展馆的诗人们一脸凝重。现在是和平年代,
亚热带葱绿的植物持续修补着弹痕。
但我们明白应该铭记什么,应该
警惕什么。
时间依旧像弹片一样呼啸,八月的阳光仍旧白得晃眼
透过纪念馆的玻璃天窗投下巨大、白色的光柱
像一枚枚闪亮的钉子,洞穿了我们,固执地把我们的记忆
钉在这些栅栏上,钉在它身后这座混凝土堆成的凝固的历史里。

本诗曾获第二届黄亚洲行吟诗歌奖国际大赛铜奖。

国家公祭(长诗)

1

天色已晚。这时候每户人家的灯都应该亮了。
不管是富人还是穷人,此刻的窗户里
都应该飘出晚饭的香味。
可是孩子,天这么冷,你为什么还要独自坐在街头
你的爸爸妈妈呢?你的哥哥姐姐呢?
你的爷爷奶奶、叔叔阿姨呢?
他们都到哪里去了?天这么冷,似乎就要下雪了
他们为什么还要把你独自留在街头?
你在替谁
用"苍白声部,从深处剥取无言,无物"?

2

我在八十四年后的街头走过。牵着我的孩子,
一个穿着小花袄的小女孩。

她背着小书包,刚从幼儿园出来。
天似乎就要下雨了,但这并不影响她的快乐。
她打着一把小花伞蹦蹦跳跳,
像一朵小花,擎着另一朵小花。
她是多么快乐啊,
和达蒙集中营里的罗玛不同,
她的身后,是陪伴她的爸爸。
前面,是等着她的温暖的家,
忙碌着,准备可口晚餐的妈妈。
此刻街巷,每一条道路都通往了一扇
灯火通明的窗户。

3

这个时候,她忽然看见了你,
一个孤零零坐在冰冷街口的小男孩。
一个哭累了也饿坏了,
却仍旧茫然无助的同龄人。
孩子,这么晚了,你的亲人还不来接你。
他们都去哪了呢?
除了零星的枪炮声,周围 ·片死寂。
我的孩子忽然蹲下来,
把手中的伞伸向了你。

——她仍可以看见你,隔着茫茫的
八十四年时光,
"她的脸上泛着惊怯
而眼睛灯火般闪亮。"

4

孩子,如果可能,我也想把手伸向你,
把温暖的怀抱伸向你,
把慈祥的疼爱的脸颊伸向你,
带你回家,回到一个亮着灯火的、温暖的
有着不算丰盛但还算可口的晚餐的家。
可是孩子,我们做不到,我们之间
隔着八十四年的时光,隔着枪炮、抗争,
隔着无数人的血泪、愤怒,隔着一代又一代人
前仆后继,用血和骨骸换来的祥和和安宁。
"一根伸向岁月的手指
抚摸着接缝处,
谁把它们连缀起来?"
孩子,
当我的手指伸向你,
"碎裂的时间使我迅速变暗。"

5

还是回到那个街头吧,
孩子。
当你孤零零地坐在一座死亡之城的街头,
你的哭声那么响亮又那么微弱,那么奄奄一息,
那么让人担心、揪心,直至心碎。
不久前,你也许还是一个和我的女儿一样的
无忧无虑的小小少年,
拥有一个温暖的家,一群疼爱
甚至溺爱你的亲人。
如果不出意外,你应该会和我的孩子一样
快乐、健康地成长。
但是,一群野兽、一群恶魔闯了进来,
杀人放火,奸淫掳掠,
把一座煌煌大城变成了人间地狱。

6

纪念馆。档案室。纪录片。
照片、日记、信件。
我曾在各种场合、各种资料里
看到你小小的身体。

被绑在火把上,被挑在刺刀上,被丢在尸体中……
你的亲人们
同样被烧死、被虐杀、被剖肝挖心……
孩子,请原谅,我已经出离愤怒。
即使隔着玻璃橱窗,
即使面对的是无声的影像和黑白照片,
我也无法控制自己。
浑身战栗,喉咙里发出低低的嘶鸣。
如果手中的笔,能变成一杆枪,
如果这些黑色的字,能变成一串子弹,
我会毫不犹豫地,扣动扳机。

7

可怜的孩子。
时间已经过去了这么多年,
不知道你现在在哪里?
如果你还在,早已是耄耋老人。
也许已经儿孙满堂,拥有一个幸福的晚年。
你将会记起,那个寒冷的冬天,
那些黑色、悲愤、耻辱的日子。
你将会记起,一代又一代中国人
是怎样,把胸腔里的怒吼,变成愤怒的炮弹,狠狠砸向那些恶魔,人间地狱的制造者。
硝烟散去,你将会看到一代又一代中国人,
包括你自己,在满目疮痍的土地上,撒下种子,
长出绿色的希望。

8

孩子,如果你还活着,你会看到
今天的中国,在以怎样一个日新月异的速度,
发展变化,在以怎样一种不可逆转的趋势
去接近去实现许多世纪以来的
民族复兴之梦。
至少,你的孩子
会像我的孩子一样,蹦蹦跳跳,
在一个祥和的夜晚,在安宁的街头和你一起散步,
而不用担心那些突如其来的枪弹、炮火。
如果你活着,会是我们的祖父、祖母,
多少儿孙绕膝,多少星云流散,
我们将环绕着你,自豪地说:
看,山河无恙,这盛世,如您所愿!

9

可是,我们无法确定。我们不知道你在哪里。
除了那个坐在1937年冬天南京的街头,
坐在地狱门口哭泣的孩子,
我们甚至无法知道你的名字。
我们无法知道更多的人的名字,
他们只是三十万分之一,一个
又一个万人坑,
一张又一张照片中的罹难者。
是文献中一行又一行黑色汉字
无声的控诉,
是压在无数活着的中国人心中的石头,
冰冷大理石碑上的无名者。

"我们不在那里,但我们
曾经都在那里。"

10

孩子,我今天写下这些,不仅出于深深的悲恸。
不只是出于愤怒和仇恨,
不仅出于控诉,

更多的还有警惕和警醒。
多少黑色的幽灵阴魂不散,
多少活着的躯壳麻木不仁,
多少冷酷的心灵从不忏悔!
这个世界仍旧不太平,
笼罩在世界屋顶的阴霾,从未真正散去。
"仍旧有雨打在玛格丽特金色的头发上,
打在苏拉米斯灰烬般的头发上。"
仍旧有人被迫着在奏乐,挖掘自己的坟墓,
有人一边玩蛇,一边挥舞着皮鞭。

11

就像当年渣滓洞里的小萝卜头,
就像那个生下来从未见过真正的日出,只看见
窗口三角形的太阳的孩子,
就像达蒙集中营里那个恳请纳粹军官
把她埋得浅一点的小罗玛,
就像现在,那个淹死在海滩上的叙利亚最小的难民,
那个在地上用粉笔画了一个妈妈然后躺在里面的
伊拉克的小孩,
孩子,你小小的身体还在替我们承受着人间
更多的寒凉。

甚至,他们那埋在地下的小小躯体,还在继续受难。
在无数夜晚,向地面上伸出蘑菇一样
求救的手指。

12

不久前,又有一位幸存者去世了。
请允许我说出她的名字:马秀英。
当年在通往难民区的路上,目睹了侵略者的暴行。
于 2021 年 10 月 19 日去世,享年九十九岁。
至此,已有十一位亲历者先后离世。
南京侵华日军受害者援助协会登记在世的幸存者
仅剩六十一位。
她们是一段活着的历史。一截活着的
墓碑。
她们怀着巨大的伤痛一次次回忆八十四年前
那段极端黑暗的记忆,
但从未等来侵略者的一句道歉。

更多人早已死去,但尚在呼吸。
空气一样提醒着我们,
黑色的眼睛在看着我们,和更暗处的刽子手。

13

我写下这些,已是冬至。手指接近零度的冰冷。
距离国家公祭日过去已有十天,
距离当年那个黑色的日子
已经八十四年。
这么多年,是日历背后的愤怒和热血
浇灌着我们的时间。
但现在,它需要由爱和和平滋养。
接近冬至的日子,接近最寒冷也接近新年,
接近新生的事物。
世界啊,多么希望
所有的枪管,都能像那把
伸向你的伞,
枪膛里喷出的不再是子弹,而是绚丽的烟花。

14

"谁说出阴影,谁就说出了真理。"
同样,谁说出了真理,谁就说出了阴影。
正如你看到的,在寒冷、黑色的冬天,
我们更需要一把伞,尽管它收起来也像一把枪,
但我们需要有勇气把它打开。尽管

伞页开启时往往伴随着
骨折的声音。
当然我们知道,这个世界并不平静,
纳粹、法西斯、军国主义的幽灵依旧阴魂不散。
所以我们也要准备随时收起伞,
把它变成一杆枪。

15

八十四年,"时间曾挺立着,奶头发亮。
向着那些已长大的,
向着所有离开的,
生者、逝者或将到来者——"

八十四年。以及更漫长的时光
我们需要记忆。
因为负重前行,才能走得踏实。
我们也需要忘却,
因为"隔着空无我们才能找到
通往彼此的路。"

悬挂在废墟之上的钟,
被冬日的河流擦亮。

这是"不曾被我们看见但时刻感受到的河流
这是深入我们之内的钟"
这就是我们的时间、热血、爱与勇气!

注:①文中引号内均为化用的策兰诗句。
②2021年12月赴京参加第十届全国作代会,期间恰逢国家公祭日。于朋友圈看到一幅画。画面分为两部分,一部分是今天的盛世中国,另一部分是1937年12月的南京街头。一个小男孩独自生在废墟间哭泣,画面另一半的小女孩,蹲下来,把手中的小花伞伸向了他。画外音是:时光穿越满目疮痍,好想为你挡风遮雨。心有所动而作此诗。

脊梁断想(长诗)

1

我仔细观察过三种动物:

一种是蜗牛。
它把仅有的骨头,变成房子背在身上。
一种是寄居蟹,长满骨头,但一生都奔波在
寻找房子的途中。

另一种,是蚯蚓。黑暗中的隐者。
在没有光,没有更多食物的
时间和空间里,
为了活下去,它把更多的肉身,直接当成了骨骼和脊梁。

2

据说,蚂蚁能举起相当于自身体重三十倍的重量。

有人仔细研究了它们的身体结构,
然后,按照比例放大成人体大小,
却无论如何,无法举起同样倍数的重量。

构成蚂蚁惊人举力的
不仅仅是它的身体结构,
还是贯注于这些肢节之中的某种酸性物质。
而这种物质,来自生存的逼迫。来自大地最低处
辛劳奔波中的分泌物,
正是它们构成了蚂蚁们真正的脊梁。

3

根据探测,海水深度每增加十米,
就会增加一个大气压。
抹香鲸能憋气一小时以上,
下潜到两千两百米的深海捕食乌贼。
再往下,强大的压力将压爆它的身躯。

原本我们以为,在可以轻易压碎骨头和潜艇的深水区
已无生物。但不是
当蛟龙号载人潜水器,下潜到七千米以下,
依旧发现一些身体柔软的鱼类在游弋。

为了生存,它们已经进化出
薄如纸片的骨骼,而且能够
自由弯曲。

4

一艘大船泊在港面上。纹丝不动。
但我知道,是海水在咬紧牙关,用含盐的骨头
支撑着它的全部重量。
年轻时,我以为承受压力是难的,
而举重若轻则更难。
但现在,我知道,举轻若重也不容易——
黑暗的水面上,一盏渔火微微晃动。为了
不让它被淹没或漂走,海水同样
在暗处支撑着它,
动用了和支撑万吨巨轮同样的力量。

5

浙江石浦鱼师庙内,有一根鱼骨。
长丈许,宽近一尺。
据说是某种鱼的脊骨。
若按比例还原成一条大鱼,长度会达到数十米。

正是它,支撑着一条大鱼的庞大躯干
承受万吨海水的重压。

现在,它褪尽肉身的化石,
上岸后,成为一座庙宇的栋梁。
支撑了这座渔港小镇渔民的全部信仰以及
绵延上千年的渔业光芒。

6

书上说:弯曲的芦苇不折断,将残的灯不熄灭。
芦苇有没有脊柱?
灯烛有没有脊柱?

哦,作为隐喻和象征存在的
更加真实的芦苇,真实的灯。

一定有什么,灌进了它中空的苇管。
让它成为人类生命尊严的 logo。

一定有什么,隐藏在它微弱光焰中间
黑色的烛芯里,
让它顶开压在头部的万吨黑暗。

一定有什么,让它从容面对光明的死亡,
让它甘愿一边燃烧,一边流出滚烫的烛泪。

7

十六岁的文成小姑娘包珍妮,脊髓性肌肉萎缩症患者。
医生诊断她只能活到四岁,
但是她已经活了十六年,活出了医学奇迹。
诗歌是她的另一条脊柱。
有很多人,像包珍妮一样,
没有健康的脊柱,却活出了挺拔与骄傲。
他们,也成了支撑这个时代的脊梁。

8

恰恰是从女性身上,见证了人类脊柱的强大。
一次,是一幅照片。
一位年轻的母亲,背上,背着一座小山似的包裹。
被压弯的腰身里,还怀抱着一个孩子。
还有一次,也是一幅照片。汶川地震的废墟里面,
消防员挖出了一对母子。母亲竟然用背部顶住了
成吨钢筋水泥的倾轧。弓起的脊梁,为身下的孩子
围出了一道血肉屏障。

两幅照片:一次生,一次死。
让我认识了什么是女人,什么又是母亲。
"女本柔弱,为母则刚。"
灌注在她们脊柱里的,正是人
作为生物种类得以延续的神秘物质。

9

我看见过一条即将死去的蚕。
它已不再进食桑叶,
充满褶皱的头微微昂起,若有所思。
它是迟缓的,但是它接近透明的身体内部,
某种物质正在急剧抽动。

一条蚕也有脊柱。而它倾尽一生,就是把它变成
一根丝线,
柔软、纤细,
却支撑了一部古老的东方文明史,
也吐出了一条神奇的丝绸之路。

10

类似的,我见过古老的炊烟,

它几乎支撑人类走过了全部的农耕时代。

我见过边塞上空燃起的狼烟,
它曾被诗人写进诗篇。
当帝国像落日一样不可避免地走向日暮途穷,
只有它,撑住了边境上空摇摇欲坠的天穹。

——那也许是最后一位戍边士兵的脊柱。
同样,也是诗歌的脊柱。

11

再来说说我的途中所见吧。
我喜欢那些宏大的建筑。教堂。神庙。寺院。宫殿。
我喜欢那些华丽的装饰和弯曲的穹顶。
它们向另一个空间延伸。
我更喜欢废墟。
穹顶消失了。一同消失的还有瓦片。墙壁。挂饰。
只有几根残缺的柱础
伫立在荒野中,
让整个天宇变成穹顶,
让落日变成最华美无言的装饰。
让歌哭、兴衰,

让众生、人间悲苦还原成生生不息的萋萋荒草。
让整个世界,变成一座时间的圣殿。

12

我到过很多墓地。见过很多墓碑。
有些异常巍峨、高大。
有些几乎与地面平行。

我去过或者见过很多烈士陵园。
印象最深的,是四川巴中的红军烈士陵园以及
美国阿灵顿国家公墓。
里面埋葬着二十六万烈士英灵,密密麻麻的墓碑十字架
铺满了整面山坡。
这是我见过的最惊心动魄的脊柱。

无论在哪个国度,这些为了人类和平付出生命的英灵,
都值得铭记。
我相信这些墓碑,就是支撑人类走向未来的最结实的脊梁。

13

最后,请允许我闭上眼睛。再想一想寄居蟹的

脊柱。蜗牛的脊柱。蚯蚓的脊柱。
蚂蚁的脊柱。

让我再次凝神谛听,一只负重的蚂蚁
缓慢行走时
大象般沉重的脚步声。

第三辑

大地诗行

有关长城的长短句(长诗)

一

……现在,它能否被我想象成一条在山岭晃动的扁担?

一个习惯负重的民族,一头挑着山海关楼头的一轮落日,
另一头,担着嘉峪关檐角的一弯残月。

如果再从更远一点的位置打量,它只是
连接在汉装和胡服之间的一道衣襟。

破绽处,是几粒风化的纽扣。

嘉峪关:祁连山一粒扣不紧的风雪;
山海关:衣领下一滴化不开的泪痕。

二

"北方有佳人,绝世而独立。一顾倾人城,再顾倾人国。"

如果能回到古代,
谁愿意为他的女人
再次点燃一柱狼烟?

谁愿意为她再一次遗臭万年,违背所有的道德
和价值观?

事实上,两千多年了,有关长城最动人的描绘
依旧由以下几个词语组成:烽火、诸侯、美人、倾城。

她回眸一笑的瞬间,山河摇摇欲坠,
就连充血的落日也黯然失色。

三

冷兵器时代的奇迹。在今天
似乎沦为一件装饰。

这是一个游览长城的时代。这是一个

似乎谁都可以把它踩在脚下,
并且再跺几下脚的时代。

—— 一块被无数鞋底磨成镜面的地砖,
映照着一幅幅因头轻脚重而变形的身影。

四

但是,
你见过一条能在山脊上蜿蜒、奔涌的河流吗?
你见过一座一万里长的
墓碑吗?

你能体会到一滴祁连山上的雪水抵达东海时的呜咽
和疼痛吗?

沿途,那些流水和亡魂的身影
都变成了方形的水滴,凝固在了它夯土筑成的河床里。

五

也许,它曾经是史书上一个长长的病句,
不符合语法,更不符合逻辑,

只适合抒情。沉郁、悲怆、愤怒的抒情,
最终,都被置换成了一声苍凉的叹息。

如同眼前的这一截残垣,
我们看到的长城
只是它的残骸和遗址。

这座由砖石、强权、雄韬伟略
以及血肉和白骨砌成的建筑,
肯定还有
另外一种存在的形式,
肯定还有另外的呼吸、歌吟、长风悲歌。

六

那些马蹄没有压住的
也不被一轮大漠的残月压住。

那些青砖没有封住的
无法被一层褐色的苔藓封存。

就像当年的一柱狼烟,支撑着帝国边塞倾斜的天空,
如今,它砖石一样方正的汉字,

仍旧固守在一个民族因溃疡出现的豁口,
抵御着精神异族的入侵。

七

写了这么多,究竟
该用怎样的比喻来描绘这道残损的
让我们熟视无睹的
让我们面临尴尬避而不谈却又永远无法绕开的
"伟大的墙"?

它既是一条刀疤,
也是一道焊缝。

它是帝国的边境,
也是一首诗的边境。
但同时也可能是它们的核心和起点。

八

"我们看到的辽阔,只是辽阔的一部分。"
我们看到的长城,也只是长城的一部分。

也许,长城早就在别处,
在另外的地方,建筑自己的领土、尊严和荣耀。

在我们每个人境遇的最低处,
重新建筑自己的高度。

本诗曾获中国散文学会、中国作家协会诗刊社和致公党中央宣传部共同主办的首届全球华人中国长城散文·诗歌金砖奖征文大赛优秀奖。

大河之魂(组诗)

在贵德看黄河

发源于卡日曲那扎胧查河的黄河,
在经过星宿海的加油站后开始了她的歌唱。
这时她身量细小、眼神清澈。
她的经期尚未到来,
父兄一样隆起的高原,尚未撩拨起她泛滥的情欲。
在贵德,面对黄河我苦于赞美。
在贵德,她还不是母亲,她是小姐姐,
尚未嫁给辉煌与苦难。

龙羊峡远眺

多少有些踉跄。
在龙羊峡,黄河遭遇到了生平第一次拦截。
像一个十八岁出门远行的人,第一次栽跟头。
远远望去,向下,是高峡,

向上,是平湖。巨大的落差里

有着更多的无所适从。

最终,在无可奈何中恢复了平静。

在龙羊峡远眺黄河,

现在,是一个中年男人看见了自己的上游。

貌似凝固的水面以下,同样暗藏着

更多的潜流。

这些年,他已习惯随波逐流。

这些年,他的河道被一再拦截,变得波澜不惊。

这些年,他的身体不断向下,但却一直试图抬高内心的水位,

期待完成一次

彻底的决堤。

在黄河拐弯处

有人在此抒情:九曲黄河万里沙,浪淘风簸自天涯。

有人瞻前:黄河远上白云间,一片孤城万仞山。

有人顾后:黄河之水天上来,奔流到海不复回。

有人徘徊沉思:博望沉埋不复旋,黄河依旧水茫然。

只有斜插进干涸河道的船桅,感到了焦渴。

只有水底的沉船,知道断流之痛。

只有高高在上的飞鸟之瞳,看见了真相:

那气若游丝的命运!

一步一步接近西部

不错,这里到处是黄土,
而且缺少雨水。
可是,你得相信
我们的肠胃肯定是被它喂饱的。

不错,这里只有一条黄河,
而且混合着黏稠的泥巴。
可是你得相信,
我们的皮肤肯定是被它染黄的。

不错,这里的风沙很大,
可是,你得相信,
正是这硌牙的词语,
日复一日,锻打着我们身体中的铁。

一步一步接近西部。一步一步。
你会发现,
你眼中的热泪
已经烫伤脚下的土地。

黄河石

我的书桌上压着一块石头。一小截
凝固的黄河。

它来自黄河的上游。或者更远的地方。一次雷击之后
山体的崩塌。
然后带着粗粝、尖锐的棱角,一路泥沙俱下。

多少流水的冲击,
多少年代的歌哭成就了它现在的沉默。

那些凹痕、斑点,多像是沿途
它曾经过的那些村庄、码头、驿站,
亮过又熄灭的渔火。
那些神秘的纹路又来自哪里?
那些浪花一样,曾在长河里出现又在长河里消失的事物?

现在,它静伏在桌面上。冰凉,光滑,通体黝黑。
它在纸上旅行。侧面的褶皱里,依旧压着无数
欲说还休的涛声。
它未曾经历过完整的黄河。像一颗
不死之心。

依旧有一条河流在它的内部川流不息,
幽暗的水面下,依旧有一盏期待被点燃的灯。

泾渭之交

此刻谁是谁的津渡,谁又是谁的迷途、旋涡和浮梁?
谁又能够独善其身?
当泾河即将汇入渭河,
无非一条逝水,遇上了另一片更加盛大的水域。
无非挣扎着排斥、拒绝到最后的屈服、融合,消隐了自身。
谁都无法左右其中的命运,
"因为那最低处的力量,已经控制了上游的一切。"
除了河面上逆水而上的船帆,
除了已经沉陷
在水底淤泥中的石头。
"你就是我无可挽回的逝水,是我眼中的帆影。
你就是那一块绝望的石头!"
没有谁是无辜的。
除了涉水而过、到对岸去的人。
此刻,正在河心,与我招手、话别,一闪而逝。

河心洲

它从哪里来?
是一块完整的陆地被冲刷,逐渐剩下了河心的一块
还是一粒沉沙,经由漫长的时间后
淤积的结果?答案

显然是后者。地质学家的解释符合科学
和心理学的逻辑。
在黄河口远眺,
河面开阔,流水趋缓、漫漶,
像极了
一个人的晚年。

一粒沉沙,仿佛附着于血管壁上的
胆固醇,逐渐增加、粘连,
终至淤积、壅塞。
一条大河的水流越来越缓慢,眼看
就要漫出堤岸。

哦,这胸中块垒,该用多少黄河一样的浊酒才能浇透?
这肠中梗阻,该用哪一段衷肠
才能互相疏通?

通往芦苇丛的木栈道上,一个暮年男子若有所思。
而暮色下,他身下的河心洲,却像一条
整装的大船,
它似乎要趁着夜色,逆流而上,去追回当年的激情。

仪式:黄河入海

这应该是一个仪式:这是时间
和空间的相遇。
这是"逝者如斯夫"和"永恒"的相遇。

这是历史和地理的融合。这是
五千年的水、五亿年的水和众水之水的融合。
这是命运
和命运本身的相遇、融合。

只有到了黄河口,你才能发现
很多大词,只有在这里才不是空洞的含义。
比如:辉煌。磅礴。比如:海纳百川,融会贯通。
比如:沧桑。比如:沉默。
只有在黄河口,你才能明白所有的流淌都是值得的。
所有的辛酸、辛劳、辛凉都是
值得的。

所有低下去的姿态最终都抵达了
最高的高度。

这当然是一个仪式:
这是古老文明向新鲜的时代递交液体的接力棒。
这是苦难与辉煌面向未来的憧憬——

宽阔的河面上,落日
隐没了。而明天,会有更新鲜的一轮
从大海湿漉漉的鸟巢里破茧而出。

冬日的黄河口

霜降后,黄河开始变得平缓、水量稳定。
一些事物沉淀下来,另一些
逐渐露出真相,拐弯处
它看见自己的上游——

啊,必须对对岸表达敬意,
它温柔的暴力,犹如一场冷静的叙述,
使我过剩的抒情得到了节制。
而下游开阔,
大海似乎已经开始闪光。

它的掌纹逐渐变得清晰。
它专注于对自己流速和方向的控制 ——

必须原谅河床底部的石块。
必要的冲刷、磨砺,保持了体内的火焰。
必须继续感谢冷空气,搬来冰层
将我的身体压得低些,再低些。

最后,要感谢那个待在岸边的人,
他柔软的手指,拉动我进入他的身体
回旋、上升,
成为时间、命运和众多词语的隐喻……

大河之魂

一

肯定还有别的方式,除了此刻
缓慢、无言地铺开。
除了曾经的咆哮、激越、凝滞和沉静。
在东营河口,夕光下,黄河依旧在闪光。
这是她自身的光芒,
一尊液体之神,开始显露庄严的法相。

二

肯定还有别的形态：除了五千公里五千年漫长的书写，
她还曾在一杆笔管中流淌。
在我们的血管和灵魂里
带来水声和火光。

她曾流经一只陶罐，留下一个女人、一个男人
和一堆篝火的痕迹。
在干涸的河道里，留下一艘船的骨殖和碑刻。

三

发源于远古雪山上的这滴水，因远处的感召受孕，
发育成昆仑山间的一条溪流。
在这里，它接受了星辰、野蜜蜂、格桑花倒影的
哺育，逐渐长成了
一条液体的神祇。

在接下来的青、甘、宁、陕等地，她汇合了众多支流
顺流而下，
接纳尘世的万物：野花、民谣、泥沙、渡口、
刀剑、兵燹、陶罐、故国，一个又一个

失手打碎的江山。

四

在经历壶口的跌宕和风陵渡的转折之后,黄河
完成了由巨神到母性图腾的基因之变。
她的身体逐渐由清澈变得浑浊。
她用粗笨、黏稠的身体牢牢粘紧南北两岸。
她带着它们继续艰难地
向前移动——
河南——
山西——
山东——

五

如释重负。
终于,到了东营。
现在,这液体之神,即将卸下背负了一生的
黄金和比喻。

她吐出泥沙成为新的疆域。
她吐出野花、民谣扮美它的滩涂和绿洲。

它吐出沉积的历史并且埋好刀剑让它们教育后人。

最后它吐出落日来装饰河面:
无言的磅礴——
让我们目送她:这神圣、伟大的母性之神的涅槃!

六

而她轻盈的部分,
将继续在一只鹳鸟纤细的腿骨里流淌。

你看,在黄河口,这些
空中的纤夫,绷紧了翼翅,
正在奋力拉动一条大河的灵魂,升腾、回旋,重新回到
那万里之外,雪山上最初的一滴!

　　本诗获得中国诗歌学会、山东省作家协会、东营市人民政府主办的"河海神韵·诗意东营"中国东营黄河口诗会诗歌大赛二等奖。

对一座烽火台不同角度的观察
（长诗）

狼烟散尽
但狼,可能还会再来

       ——题记

一

其实,只要稍一抬头,我就可以看见它。
在大金山顶,周围已经别无建筑,
草木也很少。但我们的眼睛习惯于,
向下或者向前。
如果我坚持仰望,就会被脚下的石头绊倒。
有时候,我会爬上半山腰的凉亭,审视现在的生活。
或者再高一些,到达山林掩映的寺庙。
有一次,我甚至爬上了山顶,我以为
已经很少有人这样做了,但不是。
在它被烟火熏黑的内壁,

我发现了模糊不清的
类似于×× 到此一游的字迹。

二

现在是和平年代。
现在,它是情侣幽会的场所。野炊时
孩子们模仿战争游戏的掩体。
那些曾经点燃的狼烟离我们过于遥远。
那些冷兵器时代流过的血
过于遥远。遥远得我们要从一丛野杜鹃喷出的红光
去遥想那场历史的悲剧。但时间已让它
变成滑稽的笑谈。相对君王的昏聩,
我们更愿意猜测,一笑倾城的古代女子
和现在的娱乐明星,
到底哪个更美。

三

想想也令人恍惚。
但现在,对于烽火台,我更愿意把它比作
一只破酒坛——
痛饮夕阳的英雄身首异处。

留下我们在秋风中寂坐,远望大海,
闲谈兴亡,
醉生梦死。
或者
看随风倒伏的茅草,
如何抚摸
地下冰冷的骸骨。

四

它其实愿意让吹透岁月的罡风
一次次灌进它空荡荡的身体。
它愿意在无人知晓的雨夜,把恶狠狠的闪电
熄灭在它痉挛的胃壁。
它更愿意看着脚下,一座城池的灯火
随着下沉的光线,沦陷于俗世的幸福。
它更愿意沦陷于我们的沦陷 ——

如今它是半截残墙和一堆倒塌在
荒草中的乱石。
我拿起了其中一块 —— 这些曾经坚硬的东西
很快在我的手中化成了齑粉 ——

五

但它剩下的部分,还在坚持。在孤独的山顶
监视着海面
和人心的变动。
它和远处的灯塔、
港湾里的渔火,构成神秘的呼应。
它日益残破的身躯和不断修葺的庙宇
形成了鲜明的对比。
它不再燃起的狼烟
和旺盛的香火,达成了
某种奇怪的平衡。

六

请允许我描述以下的梦境:

在闪电劈开的夜晚,
一座高耸的烽火台
逼近我日益麻木的躯体。

—— 这是我被一场类似厮杀的雷声惊醒后
发现的一个秘密。

我确信这就是生活给予我的某种真相——
醒来之后,我摸过自己的额头,
残留着尚未燃尽的灰烬。

七

这孤独、残破的烽火台
还在继续矗立。
事实上,它已经成为另一种照耀
或暗示。
当我们爬上山顶,面对阳光下昏睡的城池,
或者,当我们从山脚仰望,
在光线最刺眼的时候,它神色冷峻地提醒:
在夺目的晕眩里,
总会藏有一块看不见的阴影——

八

当我们不停地变换角度,
当我们的目光
越过山脚教堂的尖顶依次向上,
经过凉亭、逝者的墓碑、寺庙,
就会发现,一座荒凉、破败的烽火台

矗立在山顶，
成为某种秩序的顶点
和警示 ——
过去它用一柱狼烟，现在它用自己残破的身体，
—— 在我们熟视无睹的时候。
—— 在我们生存的最高海拔。

千秋之水(长诗)

一

我几乎认不出它。
当我在另一种夜色里抵达,
在一些高大楼宇的缝隙里辨别它纤细的身影,
那些散落在河水中的
恍惚的光影,是谁的前世今生?
它应该在《诗经》里流淌。
它的源头在《关雎》里那个睡不着的人的枕下。
它的河床应该叫作九曲柔肠,它的流淌应该叫作热泪盈眶。
很多年了,一条古老的河流还在坚持着流淌。
一条水量细小但从未断流的河流,
让我相信,它的水流必然会穿透沿途的
白雾茫茫和蒹葭苍苍,
它的下游必然有我为之奔赴的开阔、平静的极地之境。

二

如果你仔细观察过河流,
你就会发现,
没有任何一条河流会在途中分成两支。
一条河的一生只有接纳,
无论主动还是被动。
就像眼前的江水,
它幼年时期的马金溪,接纳了何田水、中村溪、金村溪。
它少年时期的芹江接纳了池淮溪、龙山溪和马尪溪。
它青年时期的衢江接纳了铜山源、乌溪江、芝溪和灵山江。
它中年时期的兰江,接纳了金华江和新安江。
它壮年时期的富春江,接纳了分水江、渌渚江、壶源江。
它全盛时期的钱塘江,接纳了浦阳江、曹娥江。
它还接纳了来自上游的漂木、竹筏、水葫芦,
接纳了一代又一代世事的变幻。
终于,一条江由纤细变得盛大、浩荡。
现在,你看它,几乎一语不发,
它继续接纳着沿途的码头、渔火。
它把那些离别、聚散、悲欢、圆缺
以及入海口的落日,
都纳入了它无言的磅礴。

三

一条江究竟出现于何时？我不知道。
可以知道的是，它肯定是这块版图上最久远的
原住民和液体之神 ——
唯有它
把一个叫作源远流长的成语解读得如此形象。

一年一年，它养大了两岸的村庄。
它看着吃它的奶喝它的血长大的人们
死后变成浑圆的土丘。
它继续生下另一拨儿女 ——
唯有它
把一条名叫生生不息的成语解读得如此熨帖。

一条江究竟穿过了多少村庄？我不知道。
在钱塘江源头，短短一天
我就经过了秧田村、大龙山村、石柱村
下淤村、密赛村……

我知道前面还有更多的村庄。
当我沿着一条江的流淌漫游，我必须记住沿途
每一座乡村的名字。

因为只有它们和一条江共同穿越了时间。

一条江究竟能有多少名字?
在它的少幼年,它被叫作齐溪、马金溪、芹江。
而在它的中青年,我们叫它衢江、兰江、桐江。

接下来,它还被叫作富春江、钱塘江。
曾经,它也被叫作浙江、折江、之江,
但它肯定有一个共同的名字:母亲河!

一条江究竟可以有多老? 我不知道。
它肯定比任何一个人都老。
比村头八十九岁的陈有根老,
比村尾一百零三岁的李彩香老。

比埠头的
那棵一千三百多年的樟树老。
比桥上的石拱老,比桥下的石头老,
比水面和水底行走的事物老,
比沿途两岸历历变幻的人世更老!

唯有河道中的流水永远年轻。
它永远都在流淌,

它用流淌,保持了新鲜的血液——
它如此古老,却又从未老去。

本诗获得中共浙江省委宣传部、浙江日报报业集团、浙江省作家协会和中国农业银行浙江省分行主办的"浙水千秋·水之梦"原创主题文学大赛一等奖。原题为《致一条河流》。

衡水诗篇(长诗)

一

要等到深秋,衡水湖的酿造才能真正完成。
那时,天地肃穆、山川静美。
衡水益发清冽!

环湖的马拉松,仿佛转动着一只酒埕上的封盖。
67度的原浆,就要溢出
它诱人的清香。

二

我对这一坛美酒觊觎已久。
如同一位君王,觊觎天下九州、万里江山,
而它,则是九州之首。

端起它,饮下它!

所谓去国怀乡，只不过是快意恩仇的君王
失手打碎了一个偌大的江山。

三

而历史从来不会残缺，而衡水湖依旧波澜不惊。
它在时间深处酿造，
静候
另一位宏才大略的君王，
来弥补这金瓯的裂隙。

它是禹王、刘秀、曹操，还是拓跋濬？

四

浅岗、平地、低洼，
我了解这一方水土的走势。
貌似散乱的布局里，蕴含着某种
精严的法则。
一条古老的河道，从冀州方向逶迤而来。

它穿过前韩、后韩、阎庄、贾家庄、李家村，
穿越滏阳河，

穿过巨鹿、刘高、种高、河沿、冯家庄、魏庄……
经过南沼、北沼、旧城、南漳桥、北漳桥……
最终在两座村庄之间进入民间,
进入时间和血脉深处。

挖开萋萋荒草下的淤泥,就能从一枚贝壳深棱的纹路里
看清一座大湖的前世今生,
就能从五百多米宽的黄河古道里
看清一座城市的走向。

五

就这样,
黄河北去的最后一滴眼泪,华北平原最美的妹妹
被一座大城牢牢地抱在怀中,
被无数粗糙和细腻的手捧在手心
搁在胸口。

最美是有月亮的夜晚。
最美是月光铺满湖面之际。
成为湖心岛的竹林寺遗址上,
有人慷慨激昂,仿佛回到了久远的燕赵,
有人举杯沉吟,手中的杯盏久久不能释怀,

长歌悲风,化为最悠长的酒香……

六

我熟悉这低沉的吟唱。低回的旋律里
曾经是一曲骨肉离散的血泪悲歌。
衡水湖,它曾是母亲黄河无奈遗弃的女儿,
远在商周,一步三回。

披头散发的母亲,一顾倾城,再顾倾国,
而第三顾之后的决口改道,已是
永远的诀别。

七

潴龙河、滹沱河、滏阳河、索泸河、老盐河、
清凉江、江江河、卫运河,
九河环伺的古老城池,
如一只黑陶酒缸,在缓慢地发酵。

丹顶鹤、白鹤、黑鹳、东方白鹳、大鸨、
金雕、白肩雕……数不清的珍禽
以衡水湖里的鱼虾和星辰为食,

把巢筑在梦想的塔尖。

古老的湖水波澜不惊,
无人知晓它究竟藏了多少秘密。

八

只有衡水湖还在用沉默酿造。

我看到
一群怀揣特殊技艺的人,从湖水深处取出火焰,
取出星辰和梦呓的混合体。

混蒸混烧,地缸发酵,缓火蒸馏
分段掐酒,分级入库,陶坛贮存,精心勾调……
心口相传的手艺啊,
让最苦涩的酒曲,酿造出最醇香的原浆。

它取自衡水湖五百米的地底,取自数千年
时间的长河,取自最淳朴的民间。

那就是它的深度、长度和厚度。

九

就这样。
就是这样,黄河母亲在燕赵大地上孕育出最初的胎心,
滹沱河和古章水,先后哺育过早产的婴孩。
滏阳河、索泸河、老盐河,
时至今日,还在持续向它输送珍贵的乳汁。

而日子在衡水的滋养下,变得温润、醇香和绵长。
偶尔风起,
湖面波光潋滟,变为武强年画里的幻彩世界。

十

天气晴好,登上宝云寺塔,能看到
此去不远的一所中学,一只超级鸟巢,
数万只雏鸟正在练习飞翔。
它们在筑梦,也在酿造。
用青春和梦想编织着一飞冲天的奇迹。
用坚韧、勤奋和汗水,
酿造着盛世中国最甘美的酒浆。

等到新酒初成,

他们即将为这个古老的国度,
注入最新鲜、最优秀的血液和基因。

十一

风和日丽。一泓静水还在酿造,
衡水湖还在耐心等候。
等到月明时分,
十里荷风送爽,
一座湖
和一座城同时迎来它最盛大的节日。
湖面银光灼灼,和满城的璀璨灯火
融为一体。
那是一些闪亮的名字:
董仲舒、孔颖达、郦道元、高适、孙犁……以及
被它滋养的,也在虔心守护着它的
四百五十四万光彩的人民。
只有他们才是手持金瓯、笑谈今古的
真心英雄!

第四辑

山河风物

酒歌十三章(长诗)

一

"瑟彼玉瓒,黄流在中。"

这是液体的火,液体的火车,液体的马。
运送个人勇力、激情,以及家国命运。

这是精神,也是肉体。
这是水的精魂,
是诗的另一种存在方式。

文明的起源与终点。
兴衰的滥觞与结局。

二

风起于青蘋之末。酒

起于天下粮食涅槃轮回之境。

大河汤汤。两岸
稻香弥漫。稻香下面,是氤氲的酒香。

第一个从粮食中取出酒的人
等同于,第一个从木头中取出火的人。

那些从河流上游走来的人,
那些被酒神眷顾过的人啊,
身体里,带着一厝秘密的酒坊。

那个即将诞下半部文学史的人,
隆起的腹部如一坛封存多年的美酒。

三

我认识几个酒鬼。
一个说:对酒当歌,人生几何。
一个说:古来圣贤皆寂寞,唯有饮者留其名。
一个说:且醉樽前休怅望,古来悲乐与今同。
一个说:泛此忘忧物,远我遗世情。
一个说:不惜千金买宝刀,貂裘换酒也堪豪。

一个说:落魄江湖载酒行,楚腰纤细掌中轻。
一个说:且乐生前一杯酒,何须身后千载名。

他们是将军。帝王。书生。
是嫠妇。妓女。逃兵。走卒贩夫。和尚道士。
他们是酒鬼。
是人。
是诗。
是月色的化身。
是时间和流水带不走的万古愁。

四

青青子衿,悠悠我心。

何以解忧?
唯有杜康。

君不见酒池肉林接烽火,
君不见鸿门宴上刀光寒,
君不见青梅煮酒无声色,
君不见衣冠渡江新亭会,
君不见长安酒会八仙醉,

浊酒一杯家万里,
举杯浇愁愁更愁。

它是英雄的胆汁,也是脓包的荷尔蒙,
是草莽起事的助推器,也是亡国的祸根。

五

它还有更多的化身。
它是浔阳江外动荡的波光。
是汴水河内呜咽的水声。
是扬州上空黯淡的月色。
是长安落日之后塞上孤城的清角与寂寥。

是满城尽带黄金甲之后,
一城的残破与荒凉。
是拂过将军白发的风掠过征夫眼眶的泪。

是余欢之后的寒梦。
是天色发白时的晓风残月。
是一夜欢愉之后拂晓复归于一杯清水的寡淡。

而一杯清水,

也许,就是最烈的酒。

六

我喝酒,因为我快乐。
我喝酒,因为我悲伤。

那个绝望的人哪,没有眼泪可以。
没有酒可不行。

—— 其实眼泪也是一种酒。
有时,是烈性酒,可以摧心肝。
有时,是清酒,喝下去,柔肠百结,楚歌阵阵,离歌杳杳。

有时,是一杯假酒。啜饮之人如饮鸩毒。

七

宾之初筵,温温其恭,其未醉止,威仪反反。
曰既醉止,威仪幡幡,舍其坐迁,屡舞仙仙。

这究竟是怎样一种液体?
它是欢伯,是金波,

是秬鬯、白堕、冻醪、清酌、醍醐。
是忘忧物,是彼岸水。

初饮之时,它让我燥热、发烧、语无伦次,
继而抓狂、张牙舞爪、目无尊者,饮至最后,
复归寒凉,而且是所有寒凉中最冰冷最彻骨的那种。

八

十年一觉。并非一定在扬州。
只要有酒,人生何处不扬州?
只要有酒,管它春夏与秋冬。
只要有酒,就可以鼓盆而歌,弹铗长啸,
就可以乘陋船,泛中流,
击空明兮溯流光。

只要一杯酒,
就可以把干戈化为玉帛,
就可以把天下月色,全部变成故人、知己。

九

一杯酒里到底有什么?

一杯酒里有花香。有粮食的精魂。

有泪水的咸涩。有水的清甜。

有桃源。有忘乡。

有罗帐红烛的昏黑。

有江阔云低的寂寥。

有阶前雨滴的萧瑟。

有佳人媚眼如丝,有才子青衫落魄。

一杯残酒的杯底,有一生的说不得与道不尽。

有折戟有沉船,有樯橹的灰烬。

有苦雨、闪电,有未曾炸响的雷霆。

十

"后皇佳酿,瑶池玉液。"

它在陶罐内休眠。

在青铜器皿里旋转。

在青花盏间流动。

这究竟是怎样的一种液体?

这血管中的瓦斯,
神经中的电流,
头脑中的致幻剂。

它制造我们舌尖上的莲花。眼神中的火星。
头脑里迷乱的诗句。
灵魂深处孤独、盛大、绚烂的星空。

它让一个一个淑女变成艳妇,
顺民变成暴君,
它让壮士扼腕,英雄迟暮,士子悲歌。

身世浮沉。家国兴衰。
举杯之间,一生就在浅浅的酒杯里漂泊。
举杯之间,一个国家就在酒杯里搁浅。

十一

"陟彼高冈,我马玄黄。"

它是一条道路。
是坦途,也是悬崖。
它是奈何桥边的孟婆汤,

一饮而下,就可以忘掉一生的悲苦。
它是冥河上无底的渡船,
沉掉肉身,却能把灵魂打捞上岸。

更多的时候,它是人间的药。
喝下去是苦。是不合时宜。是欲说还休。
是求不得、爱别离、怨憎会,
是生、老、病、死,四谛八苦。

"我姑酌彼兕觥,维以不永伤。"

十二

酒,是一场没有尽头的旅行。
"金陵子弟来相送,欲行不行各尽觞。"

这个世上有乌托邦,有乌有之乡。
有酒乡连着梦乡。但并非
每一个酒徒都能抵达。

酒入口,万般滋味舌尖翻涌
酒入喉,千种风情欲说还休

酒入胃,世事寒凉,冷暖自知。
酒入心,莫愁前路无知己,天下谁人不识君。
酒入愁肠,经过身体里的酒泉、玉门、阳关,
且让我们继续奔赴一场又一场的辛凉与悲怆,
奔赴人生的沉郁顿挫与壮怀激烈……

愈走愈荒凉的道路。
愈走愈孤独的背影。

最终,是不知所终的楼兰。孔雀河。罗布泊。
是塔克拉玛干。茫茫忘川。

十三

沿着酒的道路,
让我们再一次逆流而上,
寻访《诗经》的源头,《离骚》的客栈
魏晋清流的码头。
让我们去打捞李白的月亮白居易的荻花,
让我们再饮一盏伯玉的孤独杜甫的悲怆,
王维的淡泊苏轼的旷达。

一代又一代的英雄、书生、美人们哪,

且让我们再一次相逢在一壶浊酒里
痛饮夕阳,笑谈古今。
在青青客舍里再一次把盏言欢,
在晓风残月里再一次生离死别。

我姑酌彼金罍,维以不永怀!
且让我们顺流而下。
让我们乘着这匹液体的马这列液体的火车
再次出发。

沿着酒的道路我们就能抵达远方。
沿着酒的道路我们将在最远的地方
抵达故乡!

南山诗简(长诗)

我去过众多的南山。但也许
从未真正抵达过南山。

——题记

1

我曾开车寻找南山,我以为沿着南山路
一直开到底,就能到达南山,结果开进了死胡同。

更多的时候,南山远在我的视线之外。
我和它隔着数个街道的距离。
我和另一座南山
隔着数个朝代的距离。
我和南山之外的南山,隔着东晋,隔着盛唐和
一首诗的距离。

2

我曾去过一座真实的南山。在它上面的一座茶园里
一直逗留到夜晚。直到起伏的峰峦拱出
硕大如斗的星子。

坐在山顶,凝视着四周山峦的暗影。
毫无缘由地,我感到自己成了梭罗,而南山不过是
另一个瓦尔登湖。

当我向上仰望,忽然就想到了康德
哦——
亘古的星空依旧严峻、凛冽,
仍旧让人无端敬畏、战栗。

3

一直以来,我以为南山就是一座山。
一副岩骨,一些鸟鸣。溪涧、山风以及一些
以鸟鸣为食的人的随意组合。

我知道南山也曾是一块饵料,
一根若隐若现的钓竿。有人举着它

伸向了长安城内的宫廷。

后来,我知道,
南山,也曾是一块跳板。一些沉重的肉身借助它
获得了更多飞翔的可能。

4

这些年我识字、忧患,独自行走。
南山,像一本旅途中可以随时打开的书。

这些年我见过固体的南山、液体的南山和
气体的南山。

对我而言,南山只是一个砝码。陷在
记忆中的沉船。
只有在退潮之后,才慢慢浮出它幽暗的轮廓。

当我在别处生活,
会有另一个我,在南山种豆、饮茶,度过平静的一生。

5

就这样。这些年,在我知道或不知道的时候,
南山会偶尔飘下一片落叶,
雪偶尔落在南山山顶。

偶尔我会向南山投去一瞥。
神色冷峻的大师,偶尔进入我的视野。

更多的时候,
我和南山相看两不见,
岁月的发际线在寂寞中逐渐升高。

6

岩骨花香。废弃的殿堂。一座山的骨架和魂魄,
被我们用忙碌和蹉跎。
单宁和叶酸偶尔带来
内心的酸涩。

……时间在持续发酵。

那是在晚冬,

天寒林肃。
红泥火炉上,一盏晚年新沏的红茶初沸,
叶黄素制造的黄金圈里,我看到了一个已逝的世界。
一个自足的南山世界。

  本诗曾获中国作家协会诗刊社、中国诗歌网、广西黄姚古镇旅游文化产业区管理委员会联合主办的2019年"黄姚诗会"主题征文优秀奖。

对桃花的十一次抒情（长诗）

一

杏花是少女,梨花是怨妇。
唯有桃花正值妙龄,
恰如我经年的梦寐以求。

三月已到,遍野的春风将至。
我要赶在一个誓言式微之前,去桃花的故乡
邂逅一场艳遇。

—— 如果注定要命犯桃花,我会盼望它更快到来。
任何时候,被美打败,都不是一件羞耻的事。

二

每一只鼓胀着肚皮的蜜蜂,
都是一个跃跃欲试的爆破手。

带着身体的炸药包,只等一缕春风的引线。

哦,这英勇的爆破手,爱情的烈士!

它要炸毁枝头固守了一个冬天的碉堡。
它要炸毁她,固守了许多个世纪的
少女的矜持和羞涩。

十万蓓蕾。十万蜜蜂点燃引信,
十万花苞同时炸响。
明亮的忧伤,一下子,就点燃了整片山坡。

三

十万桃花,我只娶一朵。
十万桃花,我只在其中的
一对酒窝里沉浸,醉生梦死。

我的死梦见了我的前生:一个唐代的书生,
站在三月的柴门前,看着一张脸在春风里明媚、消失。

梦见了我的轮回:一只孤傲的工蜂,
抱着一根毒刺,不知今夕何夕。

四

事实上,我只是那个穷酸的书生,
在一代又一代流年里惯看风花。

事实上,万家酒店也只是一家酒店。
十里桃花只是一朵桃花。

事实上,桃花潭水不是深潭,也不是水。
桃花潭水只是一坛酒。

它由时光之血
和两个男人的友谊酿成。它浓烈、芬芳。

被它灌醉的诗,看上去比月光更白。
被它灌醉的人,眼神比月光更清澈。

五

我知道的一些桃花,开在山野的
柴扉内外。
她们在春风里萌发,也在春风里盛开。
她们的脸把春风映红,

她们的头发像一把梳子,梳出十里春风里的香。

我知道的一些桃花。她们活在盛世的宫墙深院。
她们在金属的花瓶里憔悴,
在深不可探的潭水边顾影自怜。
她们一生都盼不到一缕春风,
年复一年,"时光放尽了她们的血。"

六

我还知道另一些桃花,种在寻常的柳巷之间。
她们在纸薄的扇底起舞,
在刀锋一样的目光间行走。
她们的一生被蹉跎,被辜负,被雨打风吹。

"桃花得气美人中。"
那些乱世桃花啊,
让我相信,纨扇底下有血泪,
而桃色的罗裙之内,暗藏着风骨。

残破的山河,因为她们的点染而有了一丝人间生气。

七

遍地都是零落残红。遍地都是
无处安放的乡愁。

春天正在后退。
有多少人能听见花瓣坠落时的惊雷?
这无声的训诫,
让大地黯然失血,让河山黯然失色。

这马蹄上的余香,锄尖上的遗恨,
让陶潜潜行,让武陵人迷途。
让那个被一首词弄丢江山的后主,只能依靠一根经霜的桃枝,
支撑着体内的残山剩水。

只有一句诗,仿佛被春风裹挟着的蝶翅,
还在半掩的柴扉上停了那么久那么久……

八

为什么,我总是看见这样的场景:
山间古道。山路回转间,一树桃花愤怒地开着,
它的下面,是一座少女的新坟。

我就是那个日夜兼程,从远处赶来的人哪。
不为别的,只为赶在桃花凋谢之前,
吐出一口鲜血,
埋在树下。
我要用绝望的爱情,滋养出更多的爱情和绝望。

九

多年来我喝桃花酒,淋桃花雨,与桃花鳜鱼嬉戏,
看流水中的花瓣载着一个又一个春天漂远。
人生恰如其中的一个精美的旋涡,
我在其中触礁、沉沦
无法自拔。

转世而来,我挂桃符,服桃仁,
手执桃花剑,
左神荼右郁垒。
桃木心制成的桃花剑,
只断红尘间的俗事,只斩世间薄情寡义之人。

十

我用最柔软的笔,处子心头的一滴血,
画出一朵桃花的腮红。

我用最明艳的词语,打造一座桃园。
它绚烂、冰凉、易逝。

打开它。打开一朵花里的灯盏,
词语的核心:

有人自其中歃血,
有人在其中葬花。

只有你,扛着一柄锄头,在我心头最疼的地方
开垦了一座坟茔,
埋下爱情最后的尸骨。

十一

故国。故乡。故土。故人。
一片东方的桃源。
一串被武陵人遗失的密码。

多年以后,从一首传唱了很久的歌声里重新浮现。

之子于归,桃之夭夭。
它是形而上的,一个乌有之乡。古老民族的精神花园。
也是形而下的,有山,有水,有名。

今天,我要让一缕花魂借诗还魂
重新回到它的故乡。一个古老的国度,一片东方的桃源。

那是桃花盛开的地方。那是
桃花永远开不败的地方。

注:引文分别出自明末诗人柳如是和当代诗人杨森君。

  本诗曾获得中国作家协会诗刊社和宁波市作家协会主办的"春天送你一首诗"征文一等奖。

绿满之江（朗诵诗）

—— 为生态浙江和诗画浙江而作

此刻，让我借助桐庐山的风，告诉你一个云山苍苍的浙江。
此刻，让我饱蘸富春江的水，告诉你一个绿水泱泱的浙江。
让我摇动钱塘江的大潮，告诉你一个激情澎湃的浙江。
让我采撷西子湖的波光，告诉你一个诗情画意的浙江。

这是我们的浙江，它是杏花春雨里的柔美，
也是楼观沧海日的壮阔。

它是三千年山岚氤氲的长歌，
也是八百里碧波荡漾的画卷。

曾几何时，它是盐碱遍地的荒滩，
曾几何时，它是毁山烧林的荒唐。
它是污水四溢的泛滥，
它是雾霾沉沉的灾难。

为了发展我们伐木捕鸟涸泽而渔,
为了发展我们村村点火户户冒烟。
为了发展我们听任废水污染我们的河流,
为了发展我们任由垃圾侵占我们的家园。

再也不能这样活,
再也不能这样过。

"绿水青山就是金山银山。"

一个清晰的声音,如一记重锤,敲醒了盲目的人们。
一双有力的大手,如一副铁钳,扳正了歧途的列车。

从改变发展观到改变生态观,
从改变生存观到改变执政观。

觉醒之后的之江儿女,开始了革故鼎新的探索。
驶入正道的浙江列车,迸发出惊人的力量和速度。

省长、村主任,都是河长,
防污、护绿,重于泰山。

从"五水共治"到"三改一拆"再到"四边三化",

我们一寸一寸修复污染的土地,
我们一条一条洗净黑臭的河流,
我们一点一点擦亮阴霾的天空。

从千村示范到万村整治再到全域旅游,
我们循序渐进,用实干描绘美丽新浙江,
我们躬身力行,用生态换来发展新优势,
我们久久为功,用绿色绘就诗画新家园。

从浙西峡谷到天目山麓,
从太湖之源到东海之滨,
从楠溪江畔到天台之巅,
从西溪湿地到石浦港湾,

放眼望去,展现在我们面前的
已经是一幅千山含翠、万水呈碧的画卷:

西部古道红叶,碧水蜿蜒;
中部田园小城,宜业宜居;
东部古镇新颜,菱歌泛夜;
北部鱼米丝绸,再续华章。

八百里湖山锦绣,云树绕堤沙,

三千重碧波荡漾,怒涛卷霜雪。

被无尽绿色包围的城市,吐露御茶的芬芳。
被无数稻花环绕的村庄,盛放瓜果的清香。

和谐共生,相互依存。
在人与自然的大熔炉里,
我们把一种绿色的精神反复淬炼。

节能减排,低碳环保。
在和谐发展的协奏曲里,
我们把一支绿色的歌谣反复唱响。

生产发展生活富裕生态优美,
风景成片风景随行风景入忆。

从一处美到全域美,
从一时美到持续美,
从形态美到制度美,

我们用绿色连接过去和未来,
我们用绿色重塑传统和时尚。
我们崇尚绿色生活,

我们推动绿色消费，
我们促进绿色发展，
我们畅想绿色未来。

这就是我们朝气蓬勃的青春浙江，
这就是我们春意盎然的生态浙江，
这就是我们生生不息的文明之光，
这也是全世界共同的理想和愿望！

坐上高铁去乌镇(长诗)

坐上高铁去乌镇,用最快的速度,去抵达
最慢的生活。

如果有可能,再乘一条乌篷船
逆流而上,
抵达它的渔火和驿站,
抵达吴越时代,
请允许我再次称它为乌墩和青墩。

请允许我在古老的乌戍做一名
守卫月色的士卒。
你看,那一轮圆月
多么像是,钤在日子落款处的一枚闲章。
我要牢牢守住这天下最好的月色直到
三生之后,
我的爱人,带着美来认领。
请允许我读读东栅西栅的上联下联,

读读它白底黑字的悠长历史,
它黛瓦垩墙环绕的流水的散漫,
它一唱三叹柔肠千转的花鼓戏曲。

让我走进它间架结构的
屋舍内部,
去逛逛林家铺子,逛逛昭明太子的读书台。
或者去大清邮局,
给百年之后的人寄一封竖格云笺宣的信件。

累了,请允许我靠着汉字的廊柱
喝菊花茶,
就着墨色晕开的无边的荷塘月色吃梅花糕和姑嫂饼。
困了,请允许我在上联的百床馆里做长长的梦

请允许我搭乘一种名叫互联网的快车,
再次向前进发,
去触摸六千年前骨器上的花纹。
请允许我大声读出那些秘密的火光和诗句,
请允许我醉在一碗三白酒里不知东方之既白……

梦醒之后,请允许一列时光的火车,
继续在破晓的霜空里隆隆驶过。

请允许我在下联的水上戏台上,
看千百年来的光阴轮番登场,各领风骚……

请允许我继续在纸上建造一座
乌有之镇。
允许我在深夜,坚持用金属的笔尖
划出两道通往内心的铁轨……

  本诗曾获"浙江日报有风来"微信公众号、《江南诗》联合桐乡市乌镇国际旅游区建设管理委员会、桐乡市作家协会主办的"韵·乌镇"全国诗歌征集大赛一等奖。

第五辑

港城沧桑

港城沧桑（组诗）

宁波

最早是三条江在此交汇。带来了上游的稻种
和一片桑树叶子。
慢慢地，它们承载的帝国的荣光开始沿着
海上的丝绸之路向外延伸。

仿佛它不断变化的名字，这座城市的命运
始终在水中晃动。
那些来自海上的波浪逐渐逼近它的角落里一座
古老的藏书楼。
一艘海上来的船，带来了一座教堂
和一座海关。

一百多年前的烟尘终于散去。终于
这座城市像它现在的名字，
获得了暂时的安宁。

一座教堂和一座海关，
与一座古老的书院由对峙达成了一种
微妙的平衡。

接下来的若干年，
它的十字尖顶流下的钟声以及
从窗外传来的汽笛，逐渐替代
那些线状墨格里，
古老的河床，完成了对一座城市的浇灌。

但这也是过去的事情。
一座教堂，它哥特式的华美穹顶，
毁于最近的一次大火。
如同百年前的那片大潮，
溅湿了木质书库里发黄的书页。
而一座中西合璧的海关，于最近
得到了全面的整修。

对于教堂的损毁，我愿意做这样的表述：它只是
在提醒我们：
对于用旧的事物，有必要经过一次火的洗礼，
然后在废墟上把坍塌的信仰重建一次。
而一座崭新的海关则意味着，

一座经过百年风华的城市,
已经拥有着吐故纳新的更大胸襟。

老外滩·三江口

它在一百多年前开埠,一个艰难生产的婴儿,
啼哭,伴随着来自海上的炮火。

三条江在此汇合。分别叫作姚江、奉化江和甬江。
它们流经一座古老书院和一座教堂。
我愿意叫它们信江、望江和爱江。

一百多年了。最初的屈辱早已
随着江水流逝。
如今,它的江面倒映着盛世的繁华。

但我愿意相信:
它的淤泥深处,
依旧埋藏着历史,等同于我们生活的全部重量。

我愿意相信:只要坚持流淌,只要不拒绝
接纳和融合,
眼泪的下游也会是大海。

天一阁

高阁紧闭。书库沉默。
架子上的灰尘,比书页更厚。

据说,灰尘下的墨迹里,
藏着比烛光更亮的东西。但也有
我们未曾发现的黑。

依旧在下雨。
雨滴,据说来自古老的《易经》爻辞,也来自
一个年轻女子的泪腺。

作为一个参观者,我并未读到其中的任何一本。
我没有黄梨洲幸运,
也不比钱绣芸更加不幸。

时至今日,所谓善本的标准
将被重新定义。

雨在落。
时间的霉变也从未终结。
一个年轻的生命比发黄的纸页更加脆薄。

但架子上的书,依旧保持着无辜的沉默。

只有一只在书页中睡了很久的书蠹,
化成了一只蛾子,
飞向古老馆阁旁的新柳,
在雨声停歇的间隙,兀自震动新生的翅翼。

注:钱绣芸,范钦儿媳,为读天一阁藏书而嫁入范家,但终生无缘登楼。

余姚记

时光在这里变得古老。但五洞桥下
流水依旧新鲜。
有人去了更上游的地方隐居。
有人沿着它,把一粒种子
带到了海外。

时节已是深秋,空气中依稀有桂花
和黄梨洲的甜。
在阳明故居,我们谈起他的心学,
仿佛瑞云楼下的文旦,已经结满了硕果。
但依旧有很多人并不认识,
这又有什么关系?

在此之前,龙山上的寺庙已几经损毁。

参观博物馆的人,专注于对一粒稻种
或者一只陶罐的凝视。
文明在它的内部裂变,
也从它破损的瓶口流出。

我们离开时,胜归山上依旧雾岚环绕,
姚江继续东流。
帝舜重华。两个瞳孔的人,
恐怕也难以看清楚数十个世纪后的烟云。

我们有限的人生,
不会比一片碎瓷更光亮,
也不会比一粒稻种更有价值。

我们庞大的城市,最终只占它展橱内
很小的一角。

姚江:台风过后

这个城市刚刚经历一场台风。
草皮、树干和石栏上还残留着隐约的水渍。

但姚江已经恢复了平静。依靠自身的力量
冲刷着泥浆。

更多的地方已经恢复了原有的秩序。
堤岸上,一对举行婚礼的新人正在亲吻。
他们的生活才刚刚展开,他们命数中的
另一些风暴尚未到来。

但对于我们,和这座古老的城市
如何抵御洪涝,如何
抵御生活和内心的泛滥再次降临,
依旧是个难题。

无论人世还是人生,
肯定有着流水冲不掉的淤泥
和悲伤。
如果灵魂不能抵达,泪水也将无能为力。

港口博物馆

桅帆不见。龙骨朽腐。
曾经在海水中荡开的涟漪,已经被置换成了
船木中最深的木纹。

时间如同淤泥。很多事物,只有成为遗迹
或者遗物之后,
它的意义才开始闪现 ——

一叶薄薄的金箔上,依稀还有波浪的起伏,
依旧在承担
历史的某种颠簸。

当丝绸在海面上铺展,
帝国的荣耀,如晚霞般绚烂而又迅速消逝 ——
多年后出水的瓷器,依旧闪耀着往昔
珍贵的秘色。

远航结束了。而作为远航的愿望还在。
依旧有人从被风浪和礁石磨损过的地方,
听到了水深之处的召唤。

如风,如塞壬的歌声,
鼓动着又一艘船,向着未知的水域去重复
古老的冒险。

永丰库遗址

它的前世是南宋的常平仓,贮存着运河尽头的漕粮。
它的后世是明朝的宏济库,时间的罚没款
已所剩无几。
它的今生:乌有的粮仓喂养着一段长方形的空白。

在空荡荡的遗址里,徘徊良久,
感到自己也成了弃儿。
周围的一切似乎已经与我无关,
身外的遗址和胸口内的荒凉完成了置换。

此刻天色渐暗,黑色的沥青路面同样被置换成了
时间的秤杆。
闪烁的霓虹,仿佛刻在上面的戥星,
暮色、车流、人影纷纷滑落。

只有永丰库遗址门口的一枚秤砣,
兀自岿然不动。
它不负责称量失重的生活,
它仅仅,对时间里走失的那一段空白的重量负责。

注:永丰库遗址,位于宁波鼓楼附近。它兴建于元代,是我国首次发

现的古代地方城市大型仓库遗址,也是江南首次发现的大规模元朝遗址。据史料记载,永丰库的前身是南宋"常平仓",就是官府用来藏米粮的仓库。明朝把平准、永丰二库并为一库,改名为"宏济库"。该遗址被评为2002年度全国十大考古新发现之一。

天宁寺古塔

一座透明的金字塔突然出现在卢浮宫前,
你会不会感到奇怪?

一座青砖古塔出现在二十一世纪的闹市街头
你会不会奇怪?

在中山西路,一座古塔独自矗立。
周围的人车川流不息,
没有人注意到它。但它

并不孤单,它的东首曾有另一座塔
和它遥相呼应。
它的身后,曾经是一座恢宏的庙宇。

一座古塔,像一枚楔子钉在不断变换的时空里。
一千多年了,

塔顶的蒿草知道风的凉,塔身的残砖知道雨的冷。

一座唐朝的古塔,从前它叫天宁寺西塔。
现在,它不在西,也不在东,
它在自己的中心。

一座古塔,被环绕的高楼包围,但它同样
并不在意,
因为靠近信仰的位置,它的心中另有海拔。

一座古塔,对自己说:
倒下的信仰,也是信仰,沦为废墟的信仰
也还是信仰。

鸣鹤古镇

一座泡在中药里的古镇。
沿河,大大小小的药材铺鳞次栉比。
君臣佐使,
历史的汤罐里,不同性味的药材各司其职。

时间如文火。
一脉药香,沿着经络一样的河汊,

抵达了民间疾苦。
有些,也抵达了帝国的肺腑和病灶。
一声清亮的鹤唳,充当了所有方剂的药引。

怀揣乡愁和病痛,
我在很多年后的暮色里抵达。
古老银号改建的客栈,已是灯火阑珊
昏黑的灯盏,依旧在砂锅一样的古镇底部闪烁。

这个时代已经不见鹤影,只有古老的时光
依旧在弥散药香。
远道而来的人,请随我一道喝下这碗
清风和明月熬制的汤药吧。
它溢出的药力,
能够帮我们拉回,跑在灵魂前面的身体。

上林湖访越窑遗址

时间煮雨。
(一句歌词到了这里,才不至于显得轻佻。)

窑火已经熄灭。
一抹秘色,已重新化作千峰上的翠绿。

时间已经盖棺论定。
一面湖水成为封条。

低于零度的燃烧，
冰凉，无声。

我来到这里，已经是很多年以后的事。
在我到来之前，江山已不知破碎了多少次。

坐在湖边，坐在
满地的碎片之间，我意识到：
曾经的完整，都是残缺
而一片碎片，正是那失而复得的完整。

注：上林湖，在浙江慈溪，有越窑遗址，是我国青瓷的发源地和主要产区之一。

在达蓬山谈论徐福

据说这里也是徐福东渡的出口。这句话可信，
也可不信。
徐福从哪里出海并不重要。重要的是彼岸的存在。
重要的是抵达。

一个人可以是自己的舟船,也可以是自己的彼岸。
他在自己内部漂泊。
重要的是,当你退身、上岸,
你要擦去唇角的浪花,
胸口的风暴和腹内的水路、痕迹。

你要让月迷津渡,让如期而至的潮水淹没来路。
让暗礁撞毁你的船只。
因为你的码头只是你的。
包括你的船、你的道路、你的彼岸
并不适合他人。
这是起码的道理,也是起码的道德。

但是你要借助潮音的轰鸣,
借助一场海市蜃楼,一个扑朔迷离的传说来证明
远方是存在的。你要让那些在此岸受苦的人,
相信这世上的确有可以抵达的彼岸。

而不能像那个唐朝诗人说:
海客谈瀛洲,烟涛微茫信难求。
我想,这是一个方士的道德,也应该是一个诗人的义务。

印象:高桥之维

一个弹丸之地。有关木头、石头、粮食
和爱情。一些
易朽和不朽的事物。
但事实上,它们都是
时光的博物馆。
有关我们生活
和逝去的纪念。

我去过它们中的几个。印象最深的
是两座桥:老桥,新桥。但其实
它们都很老了。
桥上,是布满雾霾的
二十一世纪的天空。
桥下,依旧是一千多年前的流水。
它带来的瓷器和丝绸,
曾经在异域闪耀。

时值冬日。桥墩下,一株枯草从石缝里钻出。
很显然,它还在努力,为下一个春天积攒足够的绿。
一个年轻的女人浣衣。腰身古典,但眼神
同样很二十一世纪了。

有一列轻轨隆隆驶过。架在
空中的道路,与古老的石桥、桥下的运河
恰好构成了
一个并不相交的十字道口。

—— 它属于另一种维度。它将带我们去的
也许是,一个更好的未来。

蝶变三江（组诗）

一、众人划桨开大船

泊在宁波老城区。这是一座最普通不过的社区。
如果它是一艘船，这里的居民就是载着它的水。
3891 户人家，就是 3891 个水分子。
就是 11673 个氧原子和氢原子。

856 位党员，就是 856 个带电的粒子。
因为他们的存在，这里的水有了波纹的激荡。
因为他们的存在，这里的船有了远航的梦想。

社区党委、楼群支书、楼道小组，
他们把党的关心真诚地送进每一户居民家庭。

阳光服务、助残服务、分秒服务，
他们把群众冷暖牢牢地放在每一个党员心中。

忘不了,风雨中的嘱咐;
忘不了,阳光下的承诺;
忘不了,党旗下的誓言;
忘不了365个日子里,那动人的一点一滴:

干部生病了,我们把鲜花和问候一起送到他的床边;
群众受灾了,我们把慰问和希望同时带到他的门前;
党员出门了,我们把叮咛和嘱托缝进他远方的行囊;
我们把党性原则刻成印章,
深深烙在每一个党员干部的心上。

共和国啊,我们是你960万平方公里的广袤无垠,
也是你0.19平方公里的具体入微。

众人划桨开大船。
我们汇聚在一起,就能让一艘小小的社区之舟,
随着时代大潮驶向远方。
无数个我们汇聚在一起,就能让中国这艘大船,
穿越世界风云劈风斩浪。

二、湾底蝶变

这里是三江平原一个不起眼的小村庄。

奉化江臂弯环绕的无数孩子中的一个。
千百年来,湾底人就在这里生息繁衍。

千百年了,
有一个梦,始终被阻隔在城市的一边;
千百年了,
有一个梦,始终想跨越江河的另一端。

还记得吗,
崎岖村道上肩挑背扛的伛偻身影?
还记得吗,
江边淤泥中一再搁浅的大小船只?

晴天一身土,雨天一身泥,
是一代代湾底人真实的生活写照。

有女不嫁烂眼村,
是湾底人不得不接受的屈辱民谣。

穷则思变。变则通。通则久。
终于,在二十世纪七十年代,湾底人痛定思痛:
再也不能这样过,再也不能这样活。

创业伊始,筚路蓝缕。
湾底人相信:天工加人力就能创造奇迹。

工业带头,党员冲锋。
湾底人相信:汗水加信念就能成就梦想。

四十年,弹指一挥间。
烂泥塘变成了大花园,五金小作坊长成了变形金刚。
昔日的烂眼村,终于打开了绚烂的蝴蝶翅膀:

植物园、天宫城堡、非遗博物馆,
一条红色的长廊连接起义乡鄞州的和美家园。

三、滕头奇迹

这里是共和国一个普通的村庄,
很小很小,甚至,都很难在地图上找到它。
这又的确不是一个普通的村庄,
很大很大,因为它追求的是全人类的梦想。

如果你的梦里出现了绿水青山,
那么它就是山尖上最鲜绿的部分。
如果你的梦里出现了金山银山,

那么它就是山尖上最闪亮的部分。

这是这个星球上最让人吃惊的村庄,
这是让无数人魂牵梦绕的江南水乡。

当外乡的游客在现代化的桃花源里流连忘返,
咔嚓的快门记录了多少滕头人自豪的笑容。
当自信的村民驾着私家车穿过家门口的大道,
嗡鸣的笛声擦亮了多少滕头人浑浊的目光。

历史不会忘记:
从改土造田翻动的第一锹土,到旧村改造搬动的第一块砖,
村头的大树聆听了一个名叫傅企平的滕头人,
用梦想和汗水挥洒的音符。
历史不会忘记:
从乡村五Ａ级旅游区,到世博会亚洲第一村庄的惊艳面世,
村边的剡溪见证了无数傅企平一样的滕头人,
用激情和心血弹奏的交响。

四、大地诗行

在滕头,
每一条阡陌都是它的掌纹,编织着人与自然的和谐;

在湾底,
每一座河汊都是它的血管,澎湃着绵延不绝的潮声;
在划船社区,
每一幢屋舍都是它的码头,停泊着通往幸福的航班。

一片片普通的社区,
一座座普通的村庄,
正是它们组成了共和国幅员的广袤辽阔;

一个个普通的党员,
一个个基层党组织,
正是他们构成了共和国大厦的坚实基座。

历史将会铭记:
从昔日的烂泥破瓦到今天的立体花园,
是他们把汗水与信念浇筑的桩基深深钉入大厦的底部;

历史将会看到:
从现在的和谐家园到远景的终极梦想,
是他们用智慧和科技继续编织着通往未来的康庄大道。

一条路连起另一条路,
一个村庄连起另一个村庄,

一片社区连起另一片社区,
这四通八达、纵横交错的线条,
就是幸福的轨迹,就是腾飞的希望,
就是无数基层党员刻在四明大地上的灿烂诗行!

本诗为宁波市委宣传部庆祝建党 95 周年特选作品。

梦想幸福（朗诵诗）

—— 为镇海"春天送你一首诗"活动而作

二十世纪六十年代，在大洋彼岸，
一位黑色的巨人做了一个梦。
这个梦，为一个黑色的种族，带来了黎明的微光。

半个世纪以后，在海的这边，世界的东方，
一个大国的领导人用同样的一个词，
点燃了一个民族复兴的希望

今天，我们站在一朵名叫春天的花瓣中心
感受幸福；
今天，我们站在一个古老国度的东海之滨
诠释梦想。

当海平线上出现第一缕曙光，
当东方大港鸣响第一声汽笛，

你看,幸福就挂在每一个普通人的脸上,
你听,梦想就藏在每一个出海者的心房。

是的,幸福就是涛走云飞,每一个浪尖上的水手
都能追逐属于自己的远方;
是的,幸福就是海定波宁,每一艘港湾里的归帆
都能拥有属于自己的梦乡。

幸福就是一只小蜗牛,卸下了沉重的包袱;
幸福就是一只寄居蟹,找到了生存的新家。

幸福就是两朵浪花相爱了,整片大海都为他们加冕;
幸福啊,就是一滴海水也能映射出整片天空的蔚蓝。

我们在幸福中汲取智慧:
一座千年古城,迄今依旧能散发出一缕隽永的书香;
我们在幸福中放飞梦想:
一座东方大港,同时承载一个人和一个民族的荣光。

是的,我的梦,就是你的梦,
就是我们共同的梦想:
让盛世升平,十七房的白墙黑瓦,遮蔽千年风雨;
愿海晏河清,招宝山的安远炮台,永远散尽硝烟。

让我们来梦想:
一双抟造过鱼形鼎的手,把这块土地的容颜再次擦亮;
让我们来梦想:
让那数以千计的集装箱,替我们抒写心中最美的诗行。

让我们来梦想:
一片古老、蔚蓝的海面,
每天都能孵出一轮平常而又新鲜的朝阳!

半岛诗行（朗诵诗）

—— 为象山县交通六十年成就及为此付出心血的建设者而作

逶迤起伏的群山；
浪软潮雄的沙滩。
大自然用多情的刻刀雕琢出了一个美丽半岛的黄金海岸；
千百年来勤劳朴实的象山先民就在这块土地上生息繁衍。

多少年了，有一个梦，始终被阻隔在山的这边；
多少年了，有一个梦，始终想跨越这海的两端。

是的，大自然在带给我们丰厚馈赠的同时，
也给我们留下了一个世纪性的难题：
山的那边是什么，海的那边又是什么？

在很长一段时间内，我们无法回答。
—— 因为我们没有路，因为我们没有桥。

因为没有路,我们只能看着满山的蜜橘压断枝头;
因为没有桥,我们只能看着满船的海鲜烂在舱底。
因为没有路,我们只能看着订单像煮熟的鸭子不翼而飞;
因为没有路,我们只能被屈辱地称为华东地区的天涯海角。

还记得吗,崎岖山路上肩挑背扛的伛偻身影;
还记得吗,海道淤泥中一再搁浅的大小船只;
还记得吗,爵溪岭头那些来了又回去的上海师傅;
还记得吗,象山港畔那些被迫远行一步三回头的半岛游子。

忘不了,六十年前,一位巨人用如椽之笔在地图上轻轻一画,
从此掀开了象山交通史上崭新的一页;
忘不了,1958年6月,当第一条公路奇迹般地出现在半岛大地时,
那让无数象山人为之落泪的场面;
忘不了,1985年12月,当胡耀邦总书记的专车驶过沙石公路时,
那令无数象山人为之自豪的情景;
忘不了,2008年12月,当巴音朝鲁书记启动象山港大桥开工按钮时,
那令无数象山人百感交集的一刻!

历史不会忘记:
从石南陆岛、大塘陆岛工程到三门口跨海大桥,
大海聆听了无数普通的工程建设者
用激情弹奏激昂的交响;

历史不会忘记：
从毛石线田洋湖养护站到西泽轮渡码头，
山林见证了无数普通的道路养护工人，
用青春挥洒汗水的音符。

历史应该铭记：
从过去的沙石土路到公路的路面高级化，
象山交通人
用承诺和责任描绘着心中的梦想；

从昔日的羊肠小道到穿山越岭隧道化，
象山交通人
把艰苦和执着一寸一寸钻入大山的深处。

历史应该铭记：
从从前的山海阻隔到海岛交通大陆化，
象山交通人
把汗水与信念浇筑的桩基深深钉入大海的底部；

从现在的水路畅通到远景交通现代化，
象山交通人
用智慧和科技继续编织着通往未来的康庄大道。

在城镇,
在乡村,
每条街衢都是半岛的掌纹,
紧紧地攫住稻谷和炊烟;

在码头,
在海港,
每座桥梁都是半岛的血管,
澎湃着绵延不绝的潮声。

当外乡的游客开着轿车在陆岛之间随意穿梭,
欢叫的马达点燃了多少象山人自豪的笑容;
当海岛的渔民驾驶渔船缓缓穿过三门口大桥,
嗡鸣的笛声又擦亮了多少代人浑浊的目光。

一条路连起另一条路,一个村庄连起另一个村庄;
一座山穿起另一座山,一座海岛连起另一座海岛。
这四通八达、纵横交错的线条,
就是幸福的轨迹,就是腾飞的希望。
这是一条漫长的跋涉之路;
这是一条艰苦的创业之路;
这是一条充满希望的发展之路;
这更是一条通往辉煌的成功之路!

我们走在大路上,
我们已经走过山重水复的筚路险滩,
我们已经建成长虹跨海的伟大奇观。
我们走在大路上,
我们已经看到山舞"长蛇"的壮阔图景,
我们必将迎来原驰"巨象"的灿烂明天!

大道蔚蓝(长诗)

——为庆祝开启二十一世纪海上丝绸之路和
蓝色中国梦而作

序诗

很多年了,
我在寻找一种蔚蓝。
它曾在一小片青花瓷上闪亮,
也在一匹落日铺开的丝绸上映射出它远逝的辉光。

你听,它的涛声依然在一个东方大国的胸腔内经久不息;
你看,它的波纹已经从一个民族苏醒的记忆里美丽绽放。

一

当清晨的鸥鸟衔出东方的第一缕曙光;
当浩瀚的大海再次涌动它蓝色的波浪;
一种新鲜的血液已经充盈了它的躯体;

一支嘹亮的渔歌就要从它躁动的体内喷薄而出。
它曾在久远的独木舟上独自吟唱,
在一艘三桅古船上辗转飘扬,
也在大明王朝浩荡的船队间反复激荡。

这古老的歌谣曾经放牧着一个东方民族对于大海
所有的想象,
失血的音符历尽沧桑。

二

一根丝线,穿起了欧亚大陆美丽的衣裳;
一片茶叶,散发出东方古国神秘的体香;
一盏瓷器,托起了世界各地文明的辉光。

那是怎样的一条丝线?它串着瘦小的驼铃和马灯
穿越了浩瀚大漠和浩渺汪洋,
穿越了五千年漫漫时光。

那是怎样的一片树叶?像一艘微型的船
穿过了无数风浪的颠簸,
打开了世界对一个古老国度的全部想象。

那里,月光溢出堤岸,丝绸滑过青铜,
被一片青花瓷托载的国度,散发着茶的芬芳!

啊,古老的丝路,神秘的海洋,
一条蔚蓝色的道路,连着远方的远方。

让我们重返海洋,去寻访丝绸的荣光;
让我们重返海洋,去重铸蓝色的辉煌。

三

一如当初的大海茹古涵今。
这万水之上的建筑和家园,
如同一部玄奥的典籍静静地摊开。
鱼群、文字、风暴、沉船,
屈辱的泪水以及悲怆的誓言,
以怎样的方式注入一代代人蓝色的血管?

几千年了,是谁用精卫填海的毅力,把沧海变成桑田?
几百年了,是谁用风涛练就的果敢,把强盗赶出家园?
几十年了,是谁用永不屈服的脊梁,
一次次站成港湾内钢铁般林立的桅杆?

是谁把大海赋予的精神,
反复淬炼　树起千年不倒的信念!

我看见:
一双曾被网绳勒破的大手,正在驾驶通往深蓝的舰船;
一双抟造过鱼形鼎的大手,正在擦亮一个大国的尊严。

四

一道水中的路途,一条蔚蓝的大道,
它在一个古老民族的血管中流淌。
它上游的潮音,带着他们对于海洋深深的渴意;
它下游的波浪,带着全世界人民的呼吸和回响。

今天,一个东方大国,再次揿亮了它蓝色的按钮;
今天,一艘东方巨轮,再次拉响了它远航的汽笛。

它在渤海湾、杭州湾和粤港澳大湾区孕育希望,
在漫长的海岸线上点燃梦想。

它是天津是青岛是宁波,是一只只集装箱码成的诗行;
它是福州是厦门是上海,是一艘艘万吨轮组成的乐章。

从连云港到瓜达尔到科伦坡，
从吉布提到比雷埃夫斯，
一个个港口，就是重新点燃的一盏盏渔火，
再次照亮了苍茫的海面。

从博鳌亚洲论坛到中阿合作论坛到欧亚经济论坛，
从设立亚投行到通关一体化，
一次次行动，就是投向大海的一朵朵浪花，
再次唤醒了蓝色的激情。

它在互联网络上掀起巨浪，在卫星云图上闪烁光芒，
和星辰大海一道正在把世界的未来照亮。

五

多少年了，
你的蔚蓝依然在我的眼睛里起伏，
你的深邃依然在我的思想中埋藏，
大海，我听到你深流下涌动的激情与梦想！

多少年了，
你的波涛依然在我的血管里沸腾，
你的博大依然在我的灵魂中激荡，

大海，我看见你皮肤后隐藏的铁质的光芒！

今天，一道尘封许久的封条终于被掀开。
一条蔚蓝的大道，正在持续铺开，
蓝色的波浪持续拍打着沿岸的城市和海港。

我看见：
一片东方树叶，已经长成巍巍大船；
一盏青花瓷器，已经变成精美器皿，
托举起东方智慧和现代文明交汇的中国方案；
一根蓝色丝带再次穿针引线，把世界紧紧相连。

它穿越了不同的水域、不同的文化、不同的宗教；
它穿越了不同的肤色、不同的语言、不同的信仰。

从吉隆坡到雅加达到科伦坡；
从内罗毕到雅典到威尼斯。
从太平洋到印度洋；
从亚细亚到欧罗巴。

我们把问候带到奥德修斯的海岸，
把友谊传递到但丁和荷马的故乡。

六

夕阳下,古老的钟楼依旧搏动着沉稳的心跳。
晨曦中,一条蔚蓝的大道正在向远方延伸。
一部华彩乐章,即将奏响它最高的音量:
"大道之行也,天下为公!"

那是一个东方大党,
带领她的人民
在蓝色的丰碑上雕琢民族复兴的希望。

那是一个和平崛起的国度,
迎着全世界的目光
在蓝色的大道中放牧人类共同的梦想。

祝福你,大海!
你是如此古老却又从不老去。
祝福你,中国!
愿你青春永驻永远生生不息。

原发《诗刊》2021年第10期,《诗选刊》2021年第11期转载,获得中国作家协会诗刊社"百年路·新征程"诗歌创作工程特别奖,

入选《初心、红旗与新征程——新时代诗歌优秀作品选》(《诗刊》社编,南方出版社出版)、《中国当代文学选本》(王昕朋主编,中国言实出版社出版),在中国作协隆重纪念建党100周年专题文艺晚会中朗诵。

附
歌词三首

礁石颂

　　每次到海边,都会看见你。一块沉默的岩石,说着沧桑。寒来暑往,炽热的岩浆,(渐渐)凝成心中的梦想。啊,那就是你,我的亲人我的老乡,面含微笑,看着海洋。

　　每到归航时,都会看见你。一道雄伟的海塘,挡住巨浪。潮落潮涨,钢铁的臂膀,(牢牢)守住不变的信仰。啊,那就是你,我的战友我的班长,咬住岸线,钉牢风浪。

　　每逢在他乡,都会梦见你。一座坚固的塔基,立在海疆。日落日出,坦荡的胸膛,(稳稳)托起灯塔的光芒。啊,那就是你,我的祖国亲爱的党,肩挑日月,屹立东方。

剡溪之歌

青鸟飞过山岗,梅花幽谷含香。

谁还在上游研磨,(那)气韵满溪流淌;
谁又在下游吟诗,(把)深情寄往他乡。
啊,剡溪青,剡溪长,剡溪弯弯向远方。
晚香岭的余墨,洇染了百里河床;
雪窦山的钟声,浸透了千年风霜。
啊,剡溪青,剡溪长,剡溪弯弯向远方。
每一道波浪,都是一句诗行,一唱三叹。
每一个旋涡,都是一双眸眼,千回百转。

大雁飞回南方,桃花映红脸庞。
谁还在桥头浣洗,秀发垂下(了)芬芳;
谁又将凌晨出发,船桨荡开(了)忧伤。
啊,剡溪青,剡溪长,剡溪弯弯向远方。
文昌阁的飞檐,诉说着往事如烟;
武岭门的青砖,铭刻着沧桑变迁。
啊,剡溪青,剡溪长,剡溪弯弯向远方。
每一道波浪,都是一句诗行,一唱三叹。
每一个旋涡,都是一双眸眼,千回百转。

注:奉化剡溪,又名九曲剡溪,发源于剡界岭,入溪口,又称"南剡",
　　长流二十五公里,有"一曲六诏、二曲跸驻、三曲两湖、四曲白坑、
　　五曲三石、六曲茅渚、七曲班溪、八曲高岙,九曲之后就到溪口"
　　之说。剡溪在溪口汇集多条溪流之后继续流经有"天下第一桃

园"之称的萧王庙林家村。沿途一路桃花清流,美不胜收,最终在江口甬山脚下汇入奉化江。

剡溪在唐宋时期称"剡源溪",亦属唐诗古道。蜿蜒数十里的剡溪及沿岸山川秀美、风光旖旎,至溪口这一段更是绮丽多姿、风华绝伦,为历代文人墨客探幽掠奇、寻仙访道的必经之地。特别是两晋、唐宋以来,大批诗人往来歌咏吟诵,留下大量的诗词名作。近代溪口古镇也因蒋氏故里而名声远播,穿镇而过的剡溪也成为一段特殊历史的见证者。

滕头之歌

版本一:

都说她最好,都夸她最美。你知道她究竟有多美?碧水绕村庄,黛瓦排诗行。联合国里扬美名,世博会上惊世界。啊,这就是滕头村,人人羡慕的美丽村庄。一犁耕到头,一心跟党走。弹丸之地创大业,一页白纸写传奇。耕出了天下苍生的梦想家园,走出了崭新时代的文明之光。

都说她的好,都夸她的美。你知道她曾经有多苦?地无三尺平,出门一身泥。亩产只有两百零,有囡不嫁滕头人。啊,这就是滕头村,人人摇头的龙潭泥涂。一犁耕到头,一心跟党走。肩挑日月埋头干,双手挖出致富田。耕出了父老乡亲的幸福吉祥,走出了共同发展的大道康庄。

都说她的好,都夸她的美。你可知她明天会更美?巧手裁云锦,齐心谋发展。乡村振兴画样板,桃花源里谱新篇。啊,这就是滕头村,人人向往的人间天堂。一犁耕到头,一心跟党走。合力绘出新蓝图,肩挑重担再出发。耕出了中国乡村的千秋希望,走出了人类栖居的诗和远方。

版本二:

碧水绕村庄,将军林成行。联合国里扬美名,世博会上惊世界。啊,这就是滕头村,人人羡慕的美丽村庄。一犁耕到头,一心跟党走。耕出了天下苍生的梦想家园,走出了崭新时代的文明之光。

地无三尺平,出门一身泥。肩挑日月埋头干,有囡不嫁滕头汉。啊,这曾是滕头村,人人摇头的龙潭泥涂。一犁耕到头,一心跟党走。耕出了父老乡亲的幸福吉祥,走出了共同发展的大道康庄。

巧手裁云锦,齐心谋发展。肩挑重担再出发,桃花源里谱新篇。啊,这就是滕头村,人人向往的人间天堂。一犁耕到头,一心跟党走。耕出了中国乡村的千秋希望,走出了人类栖居的诗和远方。

尾诗（代跋）
中国之门（长诗）
—— 为小康中国而作

一个古老的汉字。
是象形,也是会意。
它与平安相伴,也与幸福相关。
它与道路相连,也和国运相牵。

—— 题记

序诗：大国之门

公元 2021 年 7 月 1 日。
这是平常的一天。
天宁地安,山河无恙。

这注定是极不寻常的一天。
无数中国人的目光,都聚焦在了同一个地方。

这是凌晨四点五十分的北京。
人们屏住呼吸,静静等待一个时刻的到来。

伴随着铿锵的步伐和雄壮的乐声,
一个东方大国的门扉訇然打开,一面旗帜跃然升起!

我熟悉这雄壮的歌声,
饱含着一个古老民族十四亿热忱的呼吸;
我熟悉这整齐的步伐,
回荡着一个东方大党一百年奋斗的足音。

一艘红船上诞生的婴儿,迎来了它的百岁华诞。
胸怀千秋伟业,百年恰是风华!

一个健壮的青年,正挺起他昆仑的头颅和长城的脊梁。
他鼓动着大海的肺叶,即将破浪远航!

一、故园之门
—— 打开大门,看见农历深处的中国

"衡门之下,可以栖迟。"
三千年前,在古老的《诗经》里
我们的祖先就发出这样的期盼。

日出而作，日入而息，
凿井而饮，耕田而食。

一个多么朴素的愿望：
门外风调雨顺，门内亲人安康。

我们用五谷的芬芳滋养我们清白的身体。
我们用国风和大雅哺育我们清洁的灵魂。

我们用梅兰菊竹装饰我们的门楣。
我们用笔墨纸砚书写我们的信仰。

我们用瑰丽的神话装饰头顶的星空。
我们用清亮的月光装点甜美的梦境。

我们开门纳福，看燕子衔泥而返。
我们倚门回首，望鸿雁带信归来。

我们用温良恭俭让和睦家庭。
我们用仁义礼智信友好邻邦。

我们用高山流水寻觅世上的知音。
我们用清茶美酒款待远来的亲朋。

我们用柴米油盐迎来日出日落。
我们用风花雪月送走岁月流年。

用遍布大地的民谣传唱经久不息的爱情。
用瓷器和丝绸铺成通往世界的诗和远方。

这是我们的家园：纸窗瓦屋，瓮牖绳枢。
这是我们的家园：脚下黄土，头顶苍天。

这是我们的家园：夯土以为墙，斫木以为梁。
这是我们的家园：暧暧远人村，依依墟里烟。

一年一度，我们在家门上贴上尉迟和秦琼。
一年一度，我们用新桃换去旧符。

一代又一代，我们在门内相亲相爱，尽享天年。
一代又一代，我们在门内繁衍生息，薪火相传。

二、历史之门
—— 打开大门，看见浴火重生的中国

是的，这就是我们的家园。

它是铜墙铁壁,红砖碧瓦的庄严,
也是泥墙土院,瓦屋纸窗的贫寒。
它是可供流连的月洞门栏,
也是固若金汤的漫道雄关。

打开门,可见梨花院落溶溶月;
打开门,可见长江万里滚滚来。

这就是我们的家园:黄河长江以为衣带,
　　　　　　　昆仑之巅以为冠冕。

每一条道路,每一缕炊烟,
每一道门前都有长河落日、大漠孤烟;
每一个亲人,每一张笑脸,
每一道门里都有悲欢离合、歌乐苦难。

这就是我们的家园:门里是国是家,
　　　　　　　门外海角天涯。

柴门闻犬吠,风雪夜归人。
每一道门都是我们迎接亲人的关口。
凉秋八月萧关道,铁马秋风大散关。
每一道关隘都是值得我们用血守护的家门国门。

我们憧憬着路不拾遗,夜不闭户的大同世界;
我们期盼着民亦劳止,汔可小康的理想社会。

但是,总有豺狼觊觎我们的幸福,
总有强盗一次次侵犯我们的家园。
为了抵御外敌我们高墙永固,
为了杜绝忧患我们重门深锁。
直到有一天,
我们的门被巨舰轰开,我们的梦被枪炮打醒。

广州、厦门、福州、宁波、上海,
金瓯一样的家园,忽然被轰开了五个缺口。
文明人野蛮的弹片,在神州大地上到处纷飞,
我们的人民流离失所,我们的家园满目疮痍。

多少屋破瓦碎,多少门殚户尽,
多少茅屋倾覆大厦既倒,
又有多少栋梁之才成为中流砥柱力挽狂澜。

沧海横流,方显英雄本色。
国难当头,总见勇毅担当。

危急时刻,总有人站出来,负薪救火,血沃中华。
危急时刻,总有人站出来,横刀跃马,血染沙场。
一批又一批华夏儿女,
前赴后继,舍生忘死,
寻求打开另一扇门,一扇救亡图存之门。

它在中国南方的虎门上空被打开。
它在五四时的赵家楼上被打开。
它在南湖的一艘小船上被打开。
它在遵义的一幢小楼上被打开。
它在延安的一孔窑洞前被打开。

它在北京的一座城楼上被打开——
公元1949年10月1日
公元1949年10月1日
一道尘封已久的大门被再次打开。
这一次,它迎接到来的,是一个完全不同以往的
崭新时代:一个浴火重生的崭新中国!

三、奋斗之门
—— 打开大门,看见日新月异的中国

被焚烧过,被践踏过

旧中国的土地板结了,
一个从弹火中成长起来的政党,
拿起他的镰刀和斧头,
对着一个从废墟上站立起来的民族,
庄严承诺:我们已经打开了胜利之门,
我们将同样打开富强之门、幸福之门、复兴之门!

一百年,我们筚路蓝缕,栉风沐雨;
一百年,我们胼手胝足,披荆斩棘;
一百年,我们守正笃实,久久为功;
终于迎来了一个国富民强、繁荣昌盛的小康中国!

请记住一个历史性的时刻:2021年2月25日
记住一个大国的庄严宣告:
"我国脱贫攻坚战取得了全面胜利
现行标准下9899万农村贫困人口全部脱贫!"

经久不息的掌声,请记住这个激动人心的庄严时刻,
无数闪动的泪花,请记住这个彪炳史册的人间奇迹!
这样的人间奇迹,写在广袤的中国大地上,
写在奔腾的历史洪流中。
无论是雪域高原、戈壁沙漠,
无论是悬崖绝壁、大石山区,

脱贫攻坚的阳光照耀到了每一个角落，
无数人的命运因此而改变，
无数人的梦想因此而实现，
无数人的幸福因此而成就——

成就时刻，请记住轮椅上张桂梅颤动的肩膀，
她用瘦弱的身躯铺成道路，把一个又一个女童送出大山。
请记住另一位老人眼角的泪花，
记住他手中女儿黄文秀遗像上的笑容。
记住姜仕坤、李保国，
记住无数长眠的脱贫攻坚战场上的英雄。

记住守护在西部边陲的解放军战士，
风雪中，他们已化身守护国门的界碑，
与高耸的喀喇昆仑雪山融为一体。

请记住更多默默辛劳、艰苦付出的人们。
记住那高高耸立的廊柱，
共和国的门楣上，
一个苦难民族的奋斗书写于此，
一个东方大党的初心铭刻于此！

千年梦想，百年奋斗，圆梦今朝。

一个世纪的征程中,一个东方大党带领她的人民,
书写了感天动地的脱贫史诗,
完成了人类历史上亘古未有的壮举。

当一列画在墙上的列车变成现实,
把积贫积弱的乡村带出贫困的泥淖;
当一列满载友谊的高铁驶向东欧,
把"一带一路"的构想化为具体的行动;

当天宫一号载着几千年中国人的梦想去敲击嫦娥家的大门;
当蛟龙五号带着新世纪开发海洋的愿望去探访龙宫的秘密;

我们猛然发现,它身后的国度已经改天变地,换了人间。
展现在我们眼前的,
已经是一个古老和现代交融的中国,
一个青春与梦想同在的中国。

四、开放之门
—— 打开大门,看见走向复兴的中国

时间回荡历史足音,
时间印刻前进足印。

历史终将铭记：1978年冬天，
一张摁满手印的契约。
那是十八个带血的手印，它们试图替十亿人
再次叩开沉重的土地之门。

历史将铭记：1978年冬天，
一扇悄然开启的大门，
那是一次真正的转折——
一次在冬天举行的会议，打开的
却是一扇春天的大门。

如同久旱等来甘霖，惊雷惊醒大地，
我们打开大门，喜看沉舟侧畔千帆过，
我们打开大门，喜迎病树前头万木春。

从小岗破冰到深圳试水，
从浦东开发到滨海建设，
从海南起锚到雄安崛起，
从长三角一体化到粤港澳大湾区腾飞——

我们用改革的轴线，串起日新月异的历史巨变；
我们用开放的胸怀，迎接时代大潮的惊涛拍岸。

我们打开大门,让一列时代的高速列车
驶进农历深处;
我们打开大门,让一艘满载梦想的大船
破浪深海蔚蓝。

和被列强用枪炮轰开的大门不同,
一扇主动敞开的国门,恰恰是它最为坚固的时刻,
一个主动敞开的胸怀,恰恰是它最为自信的时刻。

开放。开放。开放。
胆子更大一些。步子更快一些。目光更远一些!
百年征程波澜壮阔,百年初心历久弥坚。

贯穿国土的高速路网,见证着一个大国惊人的速度,
风驰电掣的新型汽车,凸显着一个大国澎湃的动力。

从大型客机翱翔蓝天到北斗卫星全球组网,
从天问一号奔赴火星到奋斗者号蛟龙入海,
从量子九章横空出世到5G网络全面覆盖,
一个伟大的民族,正在叩响它的天空之门
大海之门、梦想之门和复兴之门。

雄关漫道真如铁,

而今迈步从头越!
我们用天眼凝视浩瀚的星空之门,
我们用北斗俯视民族的未来之门,
我们看到了一个把远古神话变成现实的中国,
一个把人类命运当成己任的中国!

新的时代星空闪烁,
那是古老的象形文字,正在向一个朝气蓬勃的大党发出询问;
新的浪潮风起云涌,
那是崭新的蔚蓝世界,正在向一艘行稳致远的巨轮发出召唤 ——

承载亿万人民的梦想,
向着中华民族伟大复兴的目标鸣笛、远航!